Bianca

Susan Stephens

Lo que desea una mujer

H HARLEQUIN™

Editado por Harlequin Ibérica.
Una división de HarperCollins Ibérica, S.A.
Núñez de Balboa, 56
28001 Madrid

© 2014 Susan Stephens
© 2015 Harlequin Ibérica, una división de HarperCollins Ibérica, S.A.
Lo que desea una mujer, n.º 2420 - 21.10.15
Título original: The Flaw in His Diamond
Publicada originalmente por Mills & Boon®, Ltd., Londres.

I.S.B.N.: 978-84-687-6740-6
Depósito legal: M-25824-2015
Impresión en CPI (Barcelona)
Fecha impresión para Argentina: 18.4.16
Distribuidor exclusivo para España: LOGISTA
Distribuidor para México: CODIPLYRSA
Distribuidores para Argentina: Interior, DGP, S.A. Alvarado 2118.
Cap. Fed./Buenos Aires y Gran Buenos Aires, VACCARO HNOS.

JUN - - 2016

Capítulo 1

ENTONCES, ¿qué sabemos de él?

Eva apoyó las manos en la mesa de pino y miró con el ceño fruncido a sus hermanas. Primero, a Britt, la mayor y ya casada, y luego a Leila, la menor. Leila se sonrojó aunque estaba acostumbrada a los rapapolvos de Eva. La hermana intermedia era fuerte, aunque eso era una forma suave de decirlo. Eva también era una pesadilla cuando estaba beligerante, como en ese momento. Leila adoraba a sus hermanas, pero, algunas veces, le gustaría que Eva encontrase un hombre y se marchara de la casa familiar con sus emociones a flor de piel. La vida sería muy tranquila, sería un sueño, pero ¿quién iba a quedarse con Eva? Britt y ella habían intentado que los hombres de Skavanga se interesasen por Eva, les habían alabado todas sus virtudes, pero ninguno había pasado de llevarla a jugar al billar o a los dardos. Todos les habían recordado que, a pesar de sus virtudes, Eva tenía un genio de mil demonios y que podía gritar muy fuerte.

–¡Vamos! –Eva se puso de pie con las manos en las caderas–. Necesito respuestas. No de ti, Britt, que estás casada con el Jeque Negro, uno de los jefazos del consorcio. No espero que pongas en peligro tus lealtades por una opinión, pero tú, ¿Leila? Me sorprende que no lo entiendas. Si lo permitimos, el consorcio arrasará nuestro paisaje polar y se largará. No me digáis que estoy exagerando porque eso es lo que pasará si ninguna de nosotras hace nada.

Leila intentó no alterarse y pensó que era típico de Eva. Podía mantener una discusión sin que nadie más participara.

–No permitiré que el consorcio se salga con la suya –siguió Eva acaloradamente–. Antes de que digas algo, Britt, déjame que lo deje muy claro. Es posible que haya visto que tres hombres sin escrúpulos nos han robado la empresa familiar delante de nuestras narices, pero yo, al revés que vosotras, no pienso acostarme con uno para sentirme mejor...

–¡Ya está bien! –le interrumpió Leila con una vehemencia inusual–. ¿Te has olvidado de que nuestra hermana está casada con el jeque Sharif?

Leila sacudió la cabeza y sonrió a Britt para disculparse en nombre de Eva. Britt se encogió de hombros. Las dos estaban acostumbradas a las peroratas de Eva y a su genio. Tenía buen corazón, pero nunca pensaba antes de hablar o actuar, y, para Leila, eso era lo más preocupante.

–Las dos sois unas inútiles –explotó Eva.

Sus hermanas siguieron bebiendo café y leyendo los periódicos mientras esperaban que el arrebato de Eva se sofocara solo. Eva se apartó de la cara la cascada de rizos rojos que le llegaba hasta la cintura, tomó el periódico y frunció más el ceño al leer los últimos acontecimientos en la mina, encabezados por el hombre que tenía entre ceja y ceja desde que Roman Quisvada, su rival por antonomasia, la había dejado muda en la boda de Britt por su belleza morena y su carácter inflexible.

–¿El conde Roman Quisvada? –preguntó ella en tono hiriente–. ¡Qué nombre tan ridículo!

–Es italiano, Eva –murmuró Britt con paciencia y sin

dejar de leer el periódico–. Además, es un conde con todas las de la ley. Es un título muy antiguo que...

–¿Es conde? ¡Ya verá! –le interrumpió Eva en tono burlón–. Ya verá que los piquetes que voy a reunir en la mina no se esconden.

–Además, creo que muy firme y resuelto –comentó Britt sin inmutarse.

–¿Es el mismo al que cerré la puerta en las narices en tu boda? –Eva miró la foto de Roman en el periódico–. Que yo recuerde, no era tan aterrador.

–No te frotes las manos pensando que puedes enfrentarte a él otra vez –le advirtió Leila–. Aquella vez, le cerraste la puerta de la suite nupcial y él no podía meter un pie para entrar.

–Cualquiera pensaría que te impresionó, Eva –intervino Britt dejando el periódico–. Estamos perdiendo mucho tiempo y energía si no lo hizo.

–No soporto que me intimiden, nada más –replicó Eva resoplando con rabia.

–Eva, necesitamos el dinero –le recordó Britt con calma–. Necesitamos al consorcio y no podemos incordiar a este hombre. La mina se habría hundido sin la inversión del consorcio y cientos de hombres habrían perdido el trabajo. ¿Eso es lo que quieres?

–Claro que no, pero tiene que haber otra manera más lenta y cuidadosa. ¿Sabes la cantidad de veces que le he pedido a ese majadero que se reúna conmigo para que podamos comentar lo que me preocupa de su plan de perforación?

–¿Para comentar o para cantarle las cuarenta? –le preguntó Britt.

Ni a Britt ni a Leila le impresionaban los arrebatos de Eva, pero Britt, como Leila, sí soñaba que su hermana encontrara a un hombre que diera una salida alternativa a su pasión.

–¡Alguien tiene que decirle la verdad! –bramó Eva–. Además, hablo italiano. No tiene ninguna excusa para no reunirse conmigo.

–Creo que el conde habla seis idiomas –murmuró Britt.

–Muy bien, si vosotras dos no vais a hacer nada, yo lo haré –replicó Eva resoplando.

–Sabía que podíamos confiar en ti –replicó Britt con ironía.

–¿Alguien quiere más café? –preguntó Leila, quien siempre intentaba aplacar los ánimos.

Su hermana rodeó a Eva como si fuese un cartucho de dinamita con ganas de estallar.

–Mirad esto.

Eva extendió el periódico local encima de la mesa. La página central era una foto del conde Quisvada con el titular en mayúsculas: EL CONDE RESCATA SKAVANGA.

–Parece como si él solito nos hubiese salvado del desastre.

–Es lo que hizo –comentó Britt levantando la barbilla–. Quisvada, Sharif y Rafael León han salvado Skavanga. Si tú no puedes entenderlo...

–Ni se te ocurra mencionarlo, Britt –le interrumpió Eva–. Tú deberías ser quien dirige la mina.

–Y yo dirijo la mina –confirmó Britt–. Si están hablando del conde, es porque lo entrevistaron cuando visitó la mina para comprobar que se ponían en práctica sus órdenes...

–Cuando estaba demasiado ocupado para reunirse conmigo, ¿eso es lo que quieres decir?

–Evidentemente, estaba demasiado ocupado reuniéndose conmigo –confirmó Britt encogiéndose de hombros y mirando a Leila con cautela.

–Estoy segura de que, esa vez, el conde estaba demasiado ocupado y no quería que lo distrajeran –intervino Leila con delicadeza.

–Vaya, muchas gracias –Eva se mordió el labio inferior mientras miraba la foto de su enemigo–. Me alegra saber que puedo ser una distracción. Según este artículo, la familia Skavanga ha desaparecido. Esta periodista solo quiere escribir del todopoderoso conde Roman Quisvada.

–¿Será porque lo ha entrevistado? –preguntó Leila.

–¿Será porque se ha acostado con él? –replicó Eva–. Me da igual. Para un hombre así, cualquier mujer se limita a ser una muesca más en el poste de su cama.

–Qué más quisieras –murmuró Britt.

–¿Qué has dicho? –preguntó Eva mirando fijamente a su hermana mayor.

Britt sacudió la cabeza, apretó los labios, adoptó un aire inocente y miró a Leila, quien hizo un esfuerzo para no expresar nada y no enfurecer a Eva.

–Si me lo preguntáis, es un hombre de aspecto peligroso –comentó Eva dejando el periódico.

–Afortunadamente, no te lo hemos preguntado –replicó Britt con suavidad.

–Pelo engominado, ropa de marca y una buena dosis de arrogancia –murmuró Eva con desdén.

–Nada de gomina –insistió Britt–. Me habría dado cuenta. Además, si Sharif confía plenamente en el conde, yo, también.

Eva entrecerró los ojos al pensar en el conflicto que tenía delante.

–Muy bien. Yo estoy deseando verlo otra vez.

–Estoy segura de que a él le pasa lo mismo contigo –comentó Britt con sarcasmo.

–Yo estoy segura de que Eva entrará en razón con él –intervino Leila para apaciguar las cosas.

–¿Razón? –Britt puso una cara de incredulidad–. Es

una forma interesante de decirlo. Sin embargo, Eva, antes de que apliques tu concepto de «razón» con él, te recordaré que sin su dinero y el de los otros dos hombres, la mina y nuestro pueblo ya estarían muertos.

–No me he olvidado de nada –le tranquilizó Eva–, pero tampoco entiendo por qué no se ha quedado aquí para ver cómo marchan las cosas. ¡Ah, me había olvidado! Prefiere pasearse majestuosamente por su isla privada.

–Está en la isla por la boda de un primo –aclaró Britt.

–Aun así, podría haberse reunido conmigo antes de marcharse –insistió Eva–. Si hubiese explicado las cosas claramente, quizá todos comprendiéramos lo que está pasando en la mina.

–Quizá lo hubieses comprendido si hubieses escuchado en vez de protestar.

Britt se lo dijo con delicadeza porque nadie dudaba de que Eva estaba sinceramente preocupada por el inmaculado paisaje que la nueva perforación amenazaba.

–No puedes esperar que lo deje todo para reunirse contigo. Tiene una vida y otros intereses empresariales. Se han metido cantidades enormes de dinero.

–Claro, todo acaba reduciéndose al dinero –comentó Eva sacudiendo la cabeza.

–Eso me temo –reconoció Britt–. Queremos que la gente de aquí conserve sus empleos.

–Eso es lo que más me importa, pero también me importa la tierra que lleva milenios intacta.

–¿Por qué no lo hablas con Roman en vez de discutirlo con nosotras? –le propuso Leila.

–Ya lo he intentado –contestó Eva con rabia–. No ha querido verme.

–Por los motivos antes mencionados –dijo Britt–, pero nada te impide intentarlo otra vez.

Britt miró a Leila cuando estuvo segura de que Eva no las veía. Las dos se habían dado cuenta de las miradas ceñudas que se habían dirigido Eva y Roman durante la boda.

–Nunca se sabe, es posible que te lleves mejor con él cuando vuelvas a verlo.

–Es muy improbable –Eva se pasó los dedos entre la maraña pelirroja–. No creo que esté dispuesto a escuchar a una mujer como yo. Como no creo que desayune clavos y tuercas.

–No lo sabrás si no lo intentas –comentó Leila mientras Britt se levantaba para abrazar a Eva.

–No te enfades por todo –le consoló Britt abrazándola–. Ni tú puedes salvar al mundo solita.

–Pero puedo intentarlo.

–Eso es verdad. Al menos, tu diminuta parte del mundo.

–Es lo que voy a hacer –farfulló Eva con la cara en el hombro de su hermana mayor.

–¿Qué vas a hacer? –le preguntó Britt con recelo y apartándola un poco para mirarla a la cara–. ¿No deberíamos hablarlo antes?

–No –contestó Eva mientras retrocedía un paso–. No quiero más café. Gracias, Leila. Tengo que hacer un viaje.

Él no bebía jamás, no quería perder el dominio de sí mismo. Había aprovechado la recepción con champán que siguió a la ceremonia de la boda para desaparecer. Todo el mundo se prepararía para la fiesta de la noche y él tendría la oportunidad de ducharse y cambiarse. Además, quizá se diese un chapuzón en su piscina.

Se detuvo donde siempre se detenía en el sendero del acantilado. Ese sitio tenía un significado especial para él, era donde, el día que cumplió catorce años, pensó tirar al mar la cadena de oro que llevaba colgada del cuello y, quizá, él hubiese ido detrás por la furia que bullía en su joven ser. Afortunadamente, resultó ser más fuerte que eso y resistió el impulso adolescente de sofocar el dolor de una forma que habría hecho mucho daño a los demás, y a sí mismo.

Era un día caluroso para una boda. Se quitó la chaqueta, se desabotonó el cuello de la camisa y tocó la fina cadena de oro. Su madre adoptiva le había regalado la cadena por su cumpleaños. Fue el mismo día que, entrecortadamente, le explicó que su madre verdadera había muerto y que había querido que él tuviera su única joya. También fue la primera vez que oyó que tenía una madre verdadera. ¿Qué era entonces la mujer que estaba sentada enfrente de él? Todavía podía recordar su asombro y su dolor. Descubrir que su padre no era su padre, como esa mujer a la que adoraba tampoco era su madre, le cambió la vida. Su padre adoptivo se puso furioso al enterarse de que él sabía la verdad sobre su nacimiento, pero el daño ya estaba hecho. Su padre adoptivo había creído que se derrumbaría por saber la verdad, pero su madre adoptiva lo había rebatido porque sabía lo fuerte que era. Era su hijo, tanto como el hijo de su madre biológica, y lo conocía. Aquel día, se quedó en ese punto del acantilado con una rabia incontenible, hasta que volvió a su casa y exigió que le contaran toda la verdad. Entonces, se enteró de que su padre biológico, el conde, era un jugador y bebedor que había entregado a su hijo a la esposa sin hijos de un capo de la mafia como pago por sus deudas de juego.

—No eres de mi sangre y no podrás hacerte con la empresa familiar —le explicó su padre adoptivo mientras él se tambaleaba todavía—, pero no te querría más si fueses de mi sangre y heredarás la isla y mis posesiones.

Tu primo se quedará con la empresa y tu tarea es protegerlo...

Entonces, él se dio cuenta de lo deprisa que podía desconectar los sentimientos. No podía importarle menos ser el dueño de una isla o heredar una cartera de posesiones enorme. Solo le importaba que, hasta ese momento, su vida había sido una mentira. Ese día cambió. Su madre adoptiva lo acusó de haberse convertido en distante y hermético. Su padre adoptivo se enfurecía por la impotencia y no soportaba ver a su esposa devastada por cómo la trataba él. Todavía tenía remordimientos y se preguntaba si su actitud habría acelerado su muerte. Nunca lo sabría, pero todavía oía su delicada voz cuando insistía en que su madre biológica no había tenido otra alternativa, que, en aquellos días y en su sociedad, las mujeres no tenían más remedio que hacer lo que les decía su marido. En ese momento, se imaginaba que su madre y su madre adoptiva lo miraban y solo quería que fuesen felices y estuviesen orgullosas de él.

Oyó un pitido del móvil y volvió al presente. Miró la pantalla, pulsó una tecla y sintió un arrebato de furia. Tardaría media hora en llegar al *palazzo* si seguía el sendero, pero no si tomaba un atajo.

Capítulo 2

CASI había llegado al destino y se detuvo un instante para tomar aliento. Podía ver la magnífica residencia del conde en lo alto del acantilado. Era una fortaleza imponente y de un blanco deslumbrante. El empinado camino serpenteaba por un acantilado sobre el mar azul turquesa. Alguien podría pensar que era un paseo precioso, pero tenía calor, estaba sudorosa y tenía que pensar constantemente en los motivos que la habían llevado allí para que la rabia le diese fuerzas para seguir adelante.

Había buscado cuál era la ruta más rápida desde Skavanga, dentro del Círculo Polar Ártico, hasta la isla del conde, pero no había pensado en la topografía de la zona y mucho menos en el clima. Una cuesta era una cuesta, claro, pero la que llevaba al nido de águilas del conde era traicionera y resbaladiza. Se dejó caer en un montón de tierra y se tapó la cara con un brazo. El sol era como una antorcha abrasadora y ni siquiera se le había ocurrido llevarse una botella de agua del avión. No había planeado casi nada, se había lanzado al viaje después de una pelea con Britt, después de haberle dicho a su querida hermana mayor que no le diera la tabarra y se metiese en sus asuntos, algo de lo que ya se arrepentía y que la abochornaba. ¿Por qué era una bocazas y luego se pasaba el resto del tiempo arrepintiéndose?

Se había marchado sin disculparse y se había montado en el primer vuelo que salía de Skavanga. Había tomado otro vuelo a Italia y, una vez allí, un transbordador a la isla privada del conde. El transbordador estaba lleno de invitados a la boda. Todos estaban de un humor muy distinto al de ella, aunque habían acabado contagiándola y había jugado una partida de dardos con un grupo de hombres mayores. Incluso, hizo un doble ganador. Le dijeron que era uno de ellos, le dieron palmadas en la espalda y ella se hinchió de orgullo.

En ese momento, estaba pletórica. Se levantó, se limpió el polvo y volvió a subir por el acantilado. Cuanto más se acercaba al *palazzo*, más deprisa le latía el corazón. No le asustaba nada ni nadie, pero se reconocía a sí misma que el conde sí la asustaba un poco. Sobre todo, porque nunca había conocido a nadie igual. La había impresionado durante la boda de Britt por su tamaño y su rostro curtido en mil batallas. Era mayor que ella y como un centurión romano más que como un romano decadente. Recordaba sus labios sensuales, no había pensado en casi nada más desde entonces. Tenía un pelo maravilloso; demasiado largo, demasiado tupido y demasiado negro. Sus ojos eran incisivos, oscuros y peligrosos. Tenía una barba incipiente increíblemente larga porque, cuando lo conoció, no había podido pasar mucho tiempo desde que se había afeitado. Sin embargo, lo que le intrigó fue algo que captó detrás de esos ojos vigilantes, algo que indicaba que tenía un pasado oscuro y peligroso. Ya estaba bien. ¿Quería trastornarse antes de haberse enfrentado a él? Según repetía ella, si pensabas en el fracaso, fracasarías. Si pensabas en el triunfo, podías tener alguna posibilidad. Él era fuerte y ella, también. Tenía la posibilidad de convencerlo para que ralentizara su plan de perforación. Quisvada también era obscenamente rico y aunque ella censuraba las demostraciones ostentosas de riqueza, no podía negar que sentía cierta curiosidad por ver cómo vivían los más privilegiados. En definitiva, nunca había jugado sobre seguro. Necesitaba un reto como ese. Necesitaba salir del Círculo Polar Ártico y ponerse a prueba en el resto del mundo. Además, le importaba tanto la mina que iba a tener la ocasión de demostrarlo. Tenía la certeza absoluta de que iba a conseguir que Quisvada la escuchara.

Se colocó mejor la mochila y siguió subiendo por el sendero, aunque se preguntó por qué sentiría esa opresión en el pecho. ¿De qué tenía que preocuparse? El conde no era un peligro, no era su tipo... Ningún hombre era su tipo. Se detuvo otra vez cuando se quedó sin nada de lo que discutir consigo misma. Además, iba demasiado vestida. Su precipitada decisión de ir allí le había impedido pensar con sensatez y llevaba casi lo mismo que en Skavanga: botas, vaqueros y el chaleco térmico que llevaba en ese momento. Incluso llevaba un chaquetón atado a la mochila cuando lo que necesitaba era unos pantalones cortos, una camiseta y un tubo gigante de protección solar. No habría ido si el conde hubiese sido más racional. ¿Era ese el verdadero motivo o era su último tren en lo referente a los hombres?

−¿Qué quieres decir? −gritó en voz alta.

Avergonzada, miró alrededor. Quería decir que el conde Roman Quisvada transmitía una seguridad en sí mismo que indicaba que sería muy bueno en la cama... Aunque tendría que pensarlo un poco, tenía que reconocer que no sabía gran cosa sobre ser bueno en la cama. No era completamente inocente, pero tampoco era una experta precisamente. Había estado con algunos hombres, pero ninguno la había estimulado tanto como para volver a intentarlo. Los asustaba. Si no eran endebles de entrada, lo eran cuando había acabado con ellos, y ya se le había pasado el momento de seguir experimentando. Se había hecho demasiado mayor, se había convencido de que no importaba, de que no estaba interesada solo en el sexo. Hasta que conoció al conde.

Dejó la mochila en el suelo y apoyó las manos en las rodillas para recuperar el aliento. Levantó la cabeza y miró las verjas que protegían su guarida. Eran grandes, pero podía saltarlas. Tiró la mochila por encima y luego trepó como un mono por el hierro forjado. Le habían dicho en el pueblo que estaba celebrándose una boda por todo lo alto y que, probablemente, no habría nadie en la casa, lo cual, le venía muy bien. Podría echar una ojeada antes de que volviera el conde.

Vio algunas cámaras, pero no saltó ninguna alarma. Empezó a caminar por el amplio e impresionante camino flanqueado por cipreses que daban una sombra muy de agradecer. El *palazzo* estaba recortado contra el resplandeciente cielo azul y sus torres y almenas hacían que pareciera como sacado de un cuento de hadas. No era lo que había esperado. Unas frondosas buganvillas suavizaban los muros, rodeaban las ventanas y colgaban por encima de las imponentes puertas de entrada. En Skavanga el color dominante era el gris, pero allí, el color era deslumbrante y un ataque a los sentidos. No era desagradable, aunque la casa del conde era un reflejo muy claro de su poder y riqueza. Hasta ella tenía que reconocer que el jardín era exquisito. Tenía una variedad de plantas y colores increíble. ¿Cuántas personas tendría empleadas? Probablemente, tendría casas así por todo el mundo y ninguna significaría para él lo que significaba para ella la sencilla cabaña de troncos que compartía con sus hermanas a la orilla de un lago helado. Allí había pasado las vacaciones desde que tenía uso de razón. No era lujosa, pero le daba igual. Se dio cuenta de que el conde y ella no podían ser más distintos.

Una vez en la puerta, levantó la pesada aldaba y llamó. Silencio. Miró por la ventana y comprobó que en el pueblo no habían exagerado cuando le dijeron que todo el mundo estaría en la boda. El *palazzo* parecía desierto. Se quitó el fular que llevaba al cuello y se secó el sudor de la cara mientras pensaba qué iba a hacer. Quizá hubiese alguien en la parte de atrás... No vio un alma, pero había una piscina fabulosa...

–¡Hola! ¿Hay alguien?

Solo oyó el rítmico canto de las cigarras y volvió a mirar el agua fresca y cristalina. Estaba derritiéndose y le dolían los pies. A nadie podía importarle que se diera un chapuzón. Dejó la mochila en el suelo, se quedó en ropa interior y se lanzó de cabeza. Fue una sensación indescriptible. Se quedó todo un largo debajo del agua y cuando salió empezó a nadar tranquilamente.

–¿Puede saberse...?

Oyó el bramido sin saber de dónde había llegado. Se dio cuenta de que estaba medio desnuda, consiguió llegar a un costado y se pegó a los azulejos azules.

–¿Eva Skavanga? –volvió a bramar esa voz masculina.

¡Era Roman Quisvada y la miraba con furia desde el borde de la piscina!

–Sí –contestó ella con cierta firmeza.

Reunió la poca dignidad que le quedaba y lo miró desafiantemente. Tenía la camisa desabotonada hasta la cintura... Nunca había visto tantos músculos y su cuerpo reaccionó inmediatamente sin importarle sus sentimientos. Los pezones se le endurecieron y sintió una palpitación entre las piernas. El agua, que había sido fresca, era como un cosquilleo contra la piel, el sol le acariciaba los hombros en vez de quemárselos y el conde estaba más impresionante todavía que lo que lo recordaba. Llevaba la chaqueta colgada de un dedo por encima del hombro, los pantalones, impecablemente cortados, le resaltaban el trasero y los poderosos muslos. La camisa era de un blanco inmaculado y él era enorme. También era asombrosamente guapo, si te gustaban las facciones duras. Estaba bronceado...

Estaba furioso y no le extrañaba. Ella había sido como un grano para él durante un tiempo y, en ese momento, estaba bañándose en su piscina. ¿Cómo iba a salir de esa?

¿La chica de la piscina era Eva Skavanga la alborotadora? ¡Era increíble! Tenía la alarma del *palazzo* conectada al móvil y le había avisado de que había un intruso. Las cámaras le habían mostrado la sombra de una chica que trepaba las verjas. No se había planteado que pudiese ser alguien que conocía y mucho menos Eva.

−¡Salga inmediatamente de mi piscina!

Se puso entre la figura pálida que estaba en el agua y las toallas que le habían dejado a él. Estaba dispuesto a que sufriera por su intromisión.

−¿Podría pasarme una toalla? −preguntó ella como si fuese el empleado de la piscina de un hotel.

−¡He dicho que salga!

Su rugido habría hecho que cualquier hombre hubiese salido corriendo, pero ella lo miró.

−Ya le oí la primera vez, pero no puedo...

−¿No puede moverse? ¿No puede enfrentarse a mí? ¿No puede pensar en una excusa?

Ella apoyó las manitas en el borde de la piscina y salió con agilidad y elegancia. Él miró el refulgente pelo que le llegaba hasta la cintura, los fabulosos pechos, le esbelta figura, las piernas interminables y los pies diminutos. Ella lo miró un instante en silencio e intentó sortearlo para tomar una toalla. Él le tapó el camino.

−Cuando dije que no tenía tiempo para reunirme con usted, lo decía en serio, señorita Skavanga. ¿Puede saberse qué hace en mi isla sin que la haya invitado? No tenemos nada de qué hablar.

—Eso es lo que usted piensa. He venido para que cambie de opinión.

—Le deseo suerte.

Tenía la ropa interior mojada y transparente. Podría decirse que estaba desnuda y, además, el agua le caía por cada curva del cuerpo. Incluso, se le metía por la ranura del trasero, comprobó él cuando ella se dio la vuelta apretando los dientes. Quizá, la próxima vez que fuese a colarse en la piscina de un desconocido se lo pensara dos veces antes de ponerse un tanga tan diminuto.

—Por favor, deme una toalla —murmuró ella dándose la vuelta otra vez—. Las tiene detrás de usted —le informó ella levantando la barbillas desafiantemente.

Ella podía esperar. Él sabía que la expresión de sus ojos no daba respiro, lo miraba fijamente sin parpadear. Además, había conseguido no cruzarse los brazos sobre el pecho aunque él sospechaba que lo deseaba con toda su alma. Ella no tenía que preocuparse, no le interesaba... ¿De verdad? Mientras aguantaba la mirada de ella con un desinterés aparente, algo inusitado le pasó por dentro. Los músculos se le relajaron levemente y sintió cierta calidez en el corazón vacío. Dejó esa sensación a un lado, pero las ganas de reírse, y no de forma despiadada, se adueñaron de él. Era preciosa.

—Una toalla... —le recordó ella con frialdad—. Cuando usted quiera, conde Quisvada.

—Claro, señorita Skavanga.

Él tomo una sin dejar de mirarla a los ojos. Eva Skavanga no tenía la menor idea del efecto que estaba produciendo en él, y no la tendría. Llegó a la conclusión de que su actitud era defensiva porque no se consideraba atractiva para los hombres. Por eso había intentado asustarlos antes de que ellos la desecharan. Era un cambio estimulante. Estaba acostumbrado a mujeres glamurosas y seguras de sí mismas que solo querían insinuarse para entrar en su vida. En su opinión, solo había una cosa peor: los padres ambiciosos que comerciaban con una hija. Prefería vivir y morir soltero antes que soportar una farsa.

–Gracias –farfulló ella cuando por fin le dio la toalla.

Al parecer, Eva Skavanga no se planteaba el fracaso ni la prudencia. Tenía que reconocer que le gustaba su estilo. Quizá no la despachara en el primer transbordador que saliera de allí. Quizá la retuviera hasta que le conviniera. Al menos, mientras estuviese allí, no causaría problemas en la mina y, cuando la devolviera a su casa, el trabajo que había que hacer ya estaría terminado.

Eso no era lo que había planeado. No había planeado que el conde la sorprendiera bañándose en su piscina después de haberse colado en su casa, y que hubiese tenido que enfrentarse a él prácticamente desnuda y él elegantemente vestido. No era el encuentro por sorpresa que ella había previsto cuando salió de Skavanga, el encuentro en el que ella llevaba la iniciativa mientras él se tambaleaba por la sorpresa de verla. En ese momento, él no se tambaleaba nada.

–Entonces, señorita Skavanga, ¿piensa encabezar una protesta junto a mi piscina o entro en el *palazzo* para organizar que la expulsen inmediatamente de la isla?

Ni se tambaleaba ni estaba dispuesto a negociar. El conde estaba de uñas y, bochornosamente, su cuerpo desnudo no lo impresionaba.

–No puede expulsarme.

–Le aseguro, señorita Skavanga, que puedo hacer lo que quiera.

–Pero he venido hasta aquí para... verlo.

La voz le temblaba. No había esperado que fuese tan agresivo, se había imaginado que un aristócrata como él se ablandaría por una mujer.

–Por favor...

–¿Por favor me perdona por el allanamiento de morada o por favor no me expulse de la isla? –preguntó él sin disimular el tono mordaz.

–Las dos cosas –contestó ella con rabia por su tono.

–¿Ahora suplica, señorita Skavanga?

–En absoluto. Solo apelo a su buen corazón.

Ella arqueó una ceja al decirlo, como si se hubiese dado cuenta de lo poco probable que era que tuviese corazón. Él podría haberse esperado que un intruso se sintiese humillado si lo sorprendían, o que ella implorase e, incluso, que derramase algunas lágrimas de cocodrilo, pero en el rostro de Eva solo se reflejaba desafío. Si tanto significaba reunirse con él, según ella, ¿no podía rebajarse un poco? No, claro que no. Ella no era así y eso era la mitad de su atractivo.

–Tiene una opinión muy elevada de sí misma, señorita Skavanga.

Ella vaciló por primera vez y eso confirmó su sensación de que, en el fondo, era insegura.

Se sentía incómoda. En su mundo era segura de sí misma porque la gente la conocía y sabía a qué atenerse. Nunca era intencionadamente desconsiderada con nadie. Solo era enérgica, o, al menos, eso era lo que le gustaba pensar a ella. Sintió una punzada de remordimiento al acordarse de la discusión con su hermana. Algunas veces sí era desconsiderada, pero, en ese momento, tenía que conseguir que el conde la escuchara para convencerlo de que el motivo para que estuviera allí era más importante que todo lo que había hecho para verlo. Extraer diamantes de la mina de Skavanga a cualquier precio no podía estar bien. Sin embargo, la expresión de él indicaba que iba a tener que tragarse su orgullo si quería que hablara con ella.

—Lo siento. Me doy cuenta de que hemos empezado con mal pie.

—Usted ha empezado con mal pie.

Capítulo 3

¿ESE hombre le excitaba humillarla? Se preguntó mientras seguía tensa y rabiosa al borde de la piscina. Podría haber aprendido a dónde llevaba ser temeraria, pero no pensaba recular.

—Yo no estaría aquí si usted no hubiese acelerado el trabajo en la mina.

—¿A eso le llama reconducir la situación, señorita Skavanga? Creo que lo mejor será que me acompañe a la casa. Decidiré lo que voy a hacer con usted cuando se haya duchado y cambiado.

Lo que menos se había esperado había sido que la invitase a entrar en su casa.

—Gracias —consiguió decir ella atropelladamente.

—No me dé las gracias, señorita Skavanga. Considérese un incordio que no pienso aguantar mucho más tiempo. Además, cuando se haya marchado de aquí, no volverá a entrar jamás en mi residencia. ¿Entendido?

La furia se adueñó de ella cuando el conde se dio media vuelta y empezó a dirigirse hacia la casa. Tenía que evitar decir algo de lo que se arrepentiría. Si no le preocuparan las perforaciones, si la supervivencia de la mina no dependiera de ese hombre...

—¿Lo ha entendido? —repitió él sin mirarla.

—Sí —contestó ella con el ceño fruncido.

—Además, mientras está en mi casa, no dará portazos ni tendrá arrebatos de ningún tipo —él se dio la vuelta—. ¿Está claro, señorita Skavanga?

—Muy claro.

Él estaba recordándole aquella vez, durante la boda de Britt, cuando reaccionó tan violentamente como en ese momento y le cerró la puerta en las narices con un portazo. En la boda de Britt, se sintió femenina durante unos cinco minutos, hasta que el conde lo cambió todo. En un segundo, pasó de ser una dama de honor de cuento de hadas a ser una paleta de mal gusto.

—Por favor, acompáñeme a la casa, señorita Skavanga.

Podía hacerse la dura con los hombres de su pueblo porque ellos la conocían y ella los conocía, pero el conde no tenía el más mínimo interés en ella ni como mujer ni como acompañante. Debería estar complacida, o, mejor dicho, debería estar aliviada. Sin embargo, no tenía gracia que la desecharan. No obstante, si las cosas iban a ser así, ella lo mantendría todo en un terreno profesional. Lo alcanzó en la puerta y le tendió la mano.

—Eva Skavanga...

Él pasó por alto el gesto. Ella se tragó el orgullo y volvió a intentarlo.

—No esperaba que nosotros nos...

—¿Nos conociéramos así? —le interrumpió él con una hostilidad que le salía por todos los poros—. ¿Y quién lo habría esperado?

«Hostilidad» era una palabra suave para describir lo que transmitía el conde. Efectivamente, ella había allanado su residencia, pero ¿era tan grave? Se había bañado en su piscina, pero no había pasado nada. ¿Qué alteraba al conde? ¿Cuál era el problema? El conde rezumaba poder, peligro y sexo en medidas parecidas y eso era fascinante, pero también era intimidante y sentía escalofríos por la espalda. Sin embargo, había logrado localizarlo y eso ya era algo.

—Bueno, al menos, estamos cara a cara —replicó ella mientras él abría la puerta del *palazzo*.

–¿Pretende ser graciosa, señorita Skavanga?

–No, solo constato un hecho.

–Muy bien, le constataré otro hecho. Su... aparición no es bien recibida. En cuanto esté organizado...

–En cuanto hayamos hablado –le interrumpió ella–, me marcharé.

–¿Adónde? –preguntó él apartándose para que pudiera entrar–. No tiene nada pensado, ¿verdad? Vino precipitadamente a enfrentarse conmigo, y sin pensar en nada más, porque nada le impedirá salirse con la suya en lo relativo a la mina.

–¿Me lo reprocha cuando nunca ha querido reunirse conmigo? He tenido que venir aquí. Es posible que a usted le dé igual Skavanga y la gente que vive allí, pero a mí, no. Usted solo se juega su dinero.

–Entonces, que yo inyecte mi dinero para mantener el pueblo y la mina vivos, para salvar el empleo de la gente, ¿no significa nada para usted?

–Solo dejará un lugar desolado cuando haya conseguido lo que quiere.

–No sabe de lo que está hablando, señorita Skavanga. ¿Va a entrar o no?

No podía olvidarse de que no podía arriesgarse a alterarlo. Él dejó que la intrusa entrara en su amplio invernadero a una velocidad inusitada. No recibía a visitantes inesperados en su refugio de la isla y menos a chicas alborotadoras con un plan premeditado.

–¡No soy una quejica ni una alborotadora! –gritó ella intentando seguirlo–. Solo me preocupa la velocidad de su plan de perforación.

–¿Tiene alguna propuesta alternativa, señorita Skavanga? –preguntó él parándose en seco.

Ella estuvo a punto de chocarse con él.

–Es posible... –se sonrojó al darse cuenta de lo cerca que estaba de él–. No tengo una formación de ingeniera, como usted –reconoció ella sorprendiéndolo por lo deprisa que se había repuesto y porque había investigado–. Tampoco tengo tantos títulos académicos, pero sí tengo conocimiento de la zona.

Él recordó que, efectivamente, la conocía muy bien y se preguntó por qué no lo había aprovechado.

–Le aseguro, señorita Skavanga, que las mentes más privilegiadas se han reunido para que este proyecto sea un éxito.

–Es posible que sean las mentes más privilegiadas –concedió ella más acaloradamente–, pero no ha habido ni un lugareño en la toma de decisiones y es posible que corran el riesgo de aplicar un criterio equivocado.

–¿Qué me dice de su hermana Britt?

–Britt solo es una figura decorativa para callar a los lugareños.

Él inclinó la cabeza hacia atrás para mirarla fijamente.

–Es muy triste que no conozca a su hermana.

–La conozco lo suficiente –replicó ella, aunque con remordimiento en los ojos.

–Su hermana es una empresaria excelente. Britt, con las ideas claras, ha llevado la empresa familiar en ausencia de sus padres y su hermano, y ahora dirige la mina para el consorcio...

–Todo eso ya lo sé.

Él también sabía que Eva había perdido a la madre que podría haberla aplacado a la edad crítica. Según los informes, le gustaba considerarse una mujer de la frontera, que era más feliz debajo de una lona que en la cama, o, como decían otros, la hermana que era todo agallas y beligerancia, y que donde ponía el ojo, ponía la bala. Britt trabajaba para el consorcio por méritos propios, mientras que Eva se enfrentaba a ellos. Eva quería que las cosas no cambiaran y había declarado a los cuatro vientos que creía que el futuro de Skavanga estaba en un tipo de turismo que conservara y honrara el paisaje del Ártico, no en la minería, que solo dejaría cicatrices en la tierra. Él creía que las dos cosas podían coexistir.

—Su hermana Britt es mucho más valiosa para el porvenir de este proyecto que lo que usted parece pensar. Quizá debería hablar con ella...

Entonces, pareció terriblemente desdichada. Había encontrado su talón de Aquiles. Eva quería apasionadamente a su familia y a la mina, más de lo que se quería a sí misma.

Estaba temblando, tanto por haberse encontrado con el conde como porque la había invitado a su fabulosa casa. Habían cruzado el edificio de cristal que daba a la piscina y habían entrado en el vestíbulo con una escalera de mármol que tenía un piano de cola debajo de la curva. El impresionante escenario, y que solo llevase una toalla encima, la habían abrumado. No era la vestimenta que habría elegido para una discusión y, además, se sentía peor todavía por su pelotera con Britt desde que el conde había hablado de su hermana. ¿Por qué lo decía todo mal? ¿Por qué no podía morderse la lengua de vez en cuando? Solo había querido hacer algunas correcciones por el bien de la mina.

—Solo le pido que me dé la oportunidad de hablar con usted. Después, me marcharé.

—¿Me da su palabra? —preguntó él con un brillo burlón en los ojos.

—Por mí, cuanto antes, mejor —replicó ella nerviosa por su mirada mundana.

—¿Y qué debería hacer con usted hasta entonces?

—Escucharme —contestó ella antes de que pudiera evitarlo.

—Señorita Skavanga, yo pongo las condiciones. Yo hablo y usted escucha.

El conde la miró de arriba abajo y ella sintió que se abrasaba por dentro. Por mucho que lo rechazara a él, y a su estilo autoritario, su cuerpo seguía increíblemente impresionado.

—Ahora, aunque me divierta mucho hablar con usted, tengo que volver a una boda. Si me disculpa, señorita Skavanga...

Él se dirigió hacia las escaleras.

—No se preocupe, seguiré aquí cuando vuelva.

—¿En serio...?

Lo miró fascinada mientras se pasaba unos dedos fuertes y bronceados entre el pelo moreno. El conde era implacablemente viril. Era lo bastante refinado como para no ser un bárbaro, pero estaba muy cerca. Toda la ropa de los mejores diseñadores no podría ocultar su cuerpo de guerrero. Había nacido para luchar y costaba imaginárselo en un ambiente aristocrático...

—¿Está mirándome fijamente, señorita Skavanga?

Ella dio un respingo. No se había dado cuenta de que estaba mirándolo ensimismada. Además, él volvía a tener esa sonrisa burlona. Se le secó la garganta. Estaba acostumbrada a sensaciones claras, blancas o negras, no ese juego tan sofisticado.

—Por favor, no quiero retenerlo. Estoy encantada de quedarme aquí...

—¿En el vestíbulo? —él miró alrededor con una expresión de sorna—. Lo creo, pero si cree que yo estoy encantado de abandonarla en mi casa... Va a acompañarme, señorita Skavanga.

—¿Qué? —preguntó ella aterrada ante la idea de pasar una noche con el conde.

—Usted es la última persona a la que dejaría sola en mi casa. La fama le precede, señorita Skavanga. ¿Cómo puedo saber que no cambiará las cerraduras mientras estoy fuera?

Podía burlarse todo lo que quisiera, pero ella estaba allí y no iba a marcharse a ningún lado. Sin embargo, si lo acompañaba, alguien podría darle una habitación para que pasara la noche...

–De acuerdo. Iré con usted cuando se marche y lo esperaré en el pueblo.

–Me preocupa lo mismo. No voy a arriesgarme a que altere a la gente. Está aquí y es responsabilidad mía. Es decir, no voy a dejarla suelta entre lugareños incautos. Va a quedarse cerca de mí, donde pueda verla. Va a acompañarme a la boda.

–¿A una boda? –ella se rio–. Es imposible, no tengo nada adecuado que ponerme.

–Entonces, tendrá que improvisar. No voy a dejarla sola, punto. Además, saldré del *palazzo* dentro de media hora y tendrá que estar preparada.

–Pero usted tiene que preferir que encuentre una habitación en el pueblo y...

–Todas las habitaciones están ocupadas por la boda y, como no pienso perderla de vista, no tiene más remedio que quedarse aquí a pasar la noche.

–¿Con usted?

–Bueno, yo no voy a ir a ninguna parte. Naturalmente, usted podría volverse a su casa –él miró su reloj–. Si se da prisa, podría tomar el último transbordador.

–¿Sabe lo que me ha costado encontrarlo para decirle a la cara lo que tengo que decirle? ¿Cree de verdad que voy a marcharme sin decírselo?

–Es una posibilidad que habría que tener en cuenta –contestó él mirándola.

–Imposible.

–Entonces, mi casa es su casa durante las próximas veinticuatro horas, señorita Skavanga –murmuró él en ese tono burlón–. Sin embargo, no se haga ilusiones –añadió él endureciendo el tono–. Se marchará cuando yo le diga que se marche. El próximo punto de su agenda es la fiesta de una boda, y nunca llego tarde.

Ella se arrugó. No estaba acostumbrada a que la hablaran así. Ella conducía las situaciones en Skavanga y no recibía instrucciones. La mirada del conde era firme y seria, cuando ella estaba acostumbrada a que toleraran su estilo con buen humor.

–Roman Quisvada.

–¿Como dice? –preguntó ella con perplejidad.

–Me presento. Como va a quedarse en mi casa, creo que deberíamos ser corteses.

Él le estrechó la mano con fuerza. El apretón de manos no duró más de unos segundos, pero el efecto fue mucho más largo.

–Llámame Roman.

¿Como a un emperador o un conquistador? La mirada del conde indicaba que podía ser cualquiera de las dos cosas. Roman Quisvada solo aceptaba ser el comandante en jefe. Los demás lo seguían a donde fuera. Los demás lo escuchaban cuando hablaba. No se preocupaba por lo que se encontraba en su camino. Como un lobo, no se preocupaba por las hormigas que pisaba. ¿Esos ojos negros estaban riéndose otra vez de ella? ¡Era un arrogante! Desesperadamente, a su cuerpo parecía no importarle. Su cuerpo no dejaba de anhelarlo por mucho que la insultara. Como sus ojos no dejaban de devorarlo...

–Bueno, me alegro de haber captado tu interés por fin –replicó ella con frialdad y asegurándose de que la toalla la tapaba.

–Claro que me interesas –reconoció él mientras empezaba a subir las escaleras–. Aunque es posible que llegue el día en el que te arrepientas.

–¿Estás amenazándome? –preguntó ella con una voz más débil de la que le habría gustado.

–Solo te comunico que estaré observándote.

El pulso se le alteró mientras la cabeza le avisaba a gritos de que eso no era nada bueno.

–Me parece bien –ella se encogió de hombros–. Puedes perder el tiempo observándome todo lo que quieras.

–Ahora, vas a ducharte y cambiarte. Luego, te reunirás conmigo en el vestíbulo.

¿Qué iba a ponerse? ¿Una camiseta con el nombre de un grupo de rock antiguo y unos vaqueros? Cuando se marchó de Skavanga, lo último que se imaginó fue que fuese a asistir a una boda y no quería ofender al novio y la novia presentándose así.

–Preferiría esperarte aquí o en otro sitio.

–Estoy seguro, pero eso no va a pasar, Eva. Iremos juntos a la boda.

–¿La gente no se hará preguntas?

–¿Y qué?

–¿No sería más fácil para ti que me dedicaras unos minutos antes de que te marcheses a la boda? –preguntó ella intentando no captar el olor especiado y embriagador de Roman.

–No me gusta lo fácil, Eva.

–Bueno, si una boda es más importante para ti...

–Basta –le interrumpió él tajantemente–. ¿Examinamos los motivos que tenemos para estar aquí, doña Justiciera? Yo estoy en la isla por la boda de mi primo. ¿Por qué estás tú?

Capítulo 4

ESE hombre la aplastaba con la mirada. Era algo físico y estaban a unos centímetros de distancia, pero, si retrocedía, se caería por las escaleras.

–Ya sabes por qué estoy aquí.

–¿En serio? –insistió Roman con una sonrisa que le dejaba helada.

–Deberías saberlo.

–¿Debería?

Tenía mucha más experiencia y ella no tenía ninguna oportunidad. Él creía que había algún otro motivo aparte de la preocupación por la mina.

–¿No dices nada? –murmuró él con un brillo en los ojos que hizo que se sintiera más incómoda que nunca.

Podría decir muchas cosas, pero ninguna a él. No estaba acostumbrada a que la obligaran a contestar. No estaba acostumbrada a que un hombre la mirara a los ojos como si pudiera leer sus pensamientos más íntimos.

–Mi único motivo para estar aquí es Skavanga. Creía que era evidente.

–Es posible que lo sea para ti –replicó él con la misma mirada inquietante–. ¿Subimos, Eva?

Ella fue a pasar por delante cuando él estiró un brazo para detenerla.

–Has estudiado bien la mina, ¿verdad, Eva?

Su mirada irresistible estaba demasiado cerca y era demasiado peligrosa.

–Claro, he crecido con ella.

–Las cosas cambian con el tiempo –Roman se movió un poco para dejar más sitio, pero también le recordó lo atractivo que era–. El mineral de hierro y otros minerales se agotan, Eva, y la mina no vale nada sin los diamantes.

–Britt dijo que los minerales de siempre están agotándose, no que se hayan agotado.

–Solo es una cuestión de tiempo.

Ella sacudió la cabeza, no para discrepar con lo que había dicho, sino para que dejaran de mirarse a los ojos.

–Llevan agotándose desde que tengo uso de razón.

–Y esta vez es verdad –Roman se puso delante para que tuviera que mirarlo–. La mina ha durado todo este tiempo porque Britt ha hecho todo lo que ha podido. Os ha ocultado la verdad a tu hermana y a ti para que no os preocuparais, pero es una situación que ni tú ni yo podemos permitir que continúe, ¿verdad, Eva?

–Britt no tiene más remedio que seguir la corriente ahora que el consorcio y tú habéis tomado las riendas.

–Tu hermana está completamente de acuerdo con todo lo que hacemos. Quizá deberías habérselo preguntado antes de marcharte de Skavanga.

En vez de haber discutido con ella... Otra oleada de remordimiento se adueñó de ella y, por una vez, contuvo las palabras de rabia que tenía en la punta de la lengua.

–Sin embargo, diamantes... Joyas carísimas... ¿Merece la pena destrozar el paisaje polar por eso?

–Tienes que aprender muchas cosas sobre los diamantes, Eva.

–Tiene que haber otra manera de salvar la mina –insistió ella.

–Cuando la encuentres, dímelo. Hasta entonces, puedes utilizar una de las suites de invitados.

–Pero todavía no hemos terminado de hablar.

–Yo, sí. Tienes veinte minutos, Eva. Luego, me marcharé –le advirtió él mientras ella empezaba a subir la escaleras.

–Intentaré no hacerte esperar.

–No te preocupes, no voy a esperar.

–¿Dónde está la suite de invitados? –preguntó ella–. ¿Adónde quieres que vaya?

La mirada de Roman fue muy elocuente.

–Cuando llegues arriba, gira a la izquierda y es la última puerta a tu derecha. No tiene pérdida. El picaporte tiene la cabeza de un león. Y date prisa, Eva. No tengo todo el día.

–Gracias, Roman.

Su intento de ser amable se mereció una mirada aniquiladora. El picaporte de él tenía que ser un puño. ¿Quería tender puentes y no hacerlos volar por los aires...? Notó que la miraba mientras subía corriendo las escaleras. Roman estaba tan seguro de su virilidad que hacía que se sintiera incómoda e inexperta, como si todos sus encuentros fallidos con otros hombres fuesen un libro abierto para él. Estaba riéndose mucho a su costa. Había demorado demasiado la intimidad con un hombre. No le gustaba hacer nada si no lo hacía bien y la intimidad no era su punto fuerte.

–No parezcas tan preocupada, Eva.

Se quedó boquiabierta cuando él subió los escalones de dos en dos y apareció delante de ella.

–No puedes estar más segura con nadie que conmigo.

Él lo dijo con una voz ronca y algo burlona. Había captado su incomodidad y estaba riéndose de ella. Se encogió de hombros cuando llegó al rellano.

–No sé por qué crees que estoy preocupada. Puedo apañarme sola.

–Eso he oído –comentó él con ironía.

Se odió a sí misma por haber reaccionado con esa vehemencia. El vello de la nuca se le había erizado y la sangre le bullía. El poder que irradiaba él la envolvía aunque no quisiera. Sus hermanas se quedarían pasmadas si la vieran temblar así. Además, ¿qué tenía de especial ser alto, moreno y perfecto? ¿Por qué se empeñaba su cuerpo en comportarse de ese modo? Roman no era su tipo. Era tiránico. Era el hombre más insoportable que había conocido... y el más atractivo. No mostraba interés en ella como mujer y eso era un alivio, pero no era normal. Al menos, podía fingir. Eso sería lo educado. ¿No se suponía que los aristócratas eran corteses? ¿No habían tenido niñeras implacables que les enseñaban a no portarse como las demás personas?

–¡He dicho que gires a la izquierda! –le gritó él.

Eso ya lo sabía... Retrocedió con despreocupación y haciendo un esfuerzo para concentrarse en lo que tenía que hacer, y pensar en Roman Quisvada no era lo que tenía que hacer. Comprobó cada puerta del pasillo con ganas de estar a salvo y lejos de él para que pudiera tranquilizarse. Roman había desaparecido en dirección contraria. Perfecto. Ya había tenido bastante del conde y su rostro burlón como para toda una vida, pero, bien mirado, solo tenía que soportar la fiesta de la boda, solo tendría que morderse la lengua. Mientras no mordiera nada más, podría dar resultado.

Él gruñó de placer bajo el agua helada de la ducha. Tenía los sentidos recalentados por culpa de Eva. Lo desquiciaba. Lo atraía y eso hacía que pensara en otra cosa. Tenían asuntos pendientes. Cuando la vio en la boda de su hermana, le pareció fuego y fuerza. Esa impresión no había cambiado, pero Eva era más compleja. Era esquiva y considerada, apasionada y tenaz, y a él siempre le habían gustado los desafíos. Había que domar a Eva Skavanga si no quería que lo obsesionara. Cerró el grifo de la ducha, agarró una toalla y llamó a uno de sus ayudantes de confianza en Skavanga. Tenía que saber más cosas de ella.

—Mark... Necesito información. Sí. Eva Skavanga. Está aquí. ¿Cómo que ya lo sabías? ¿Puede saberse por qué no me lo has dicho?

Escuchó algunas excusas poco convincentes y comprendió que el joven Mark había sucumbido al hechizo de Eva.

—Bueno, ya lo sabemos los dos —interrumpió a su ayudante—. Sí, claro que está bien, pero parece que eres un admirador suyo, ¿por qué? A mí me parece un problema más que otra cosa.

—No la desdeñes —le aconsejó Mark—. Eva es tozuda y le gusta creer que es uno de los chicos, pero tiene un corazón de oro, es demasiado confiada quizá.

—No en mi caso.

—Ella tiene toda la ilusión puesta en que el ecoturismo salve Skavanga. Le aterra que nuestro proyecto minero acabe convirtiendo el pueblo en un montón humeante de acero lleno de mendigos que beben en la calle y con mesas y comida de plástico en vez de las tradiciones culturales del Ártico.

Eso ya lo sabía él. Su joven ayudante parecía cautivado y estuvo a punto de no hacerle la pregunta que tenía más presente.

—¿No le has explicado que nuestro trabajo no causará casi trastornos y que se arreglará todo lo que se dañe?

Mark se rio con admiración y él volvió a pensar en esa mujer que, evidentemente, interesaba a los dos.

—¿Has intentado razonar con Eva?

–Lo suficiente –contestó él con un rugido–. Háblame de sus relaciones.

Se hizo un silencio mientras Mark lo pensaba.

–Inexistentes –dijo por fin con lo que le pareció la garganta seca.

–¿Por qué? Es una mujer atractiva...

–Que consigue que la mitad de los hombres del Círculo Polar Ártico salgan corriendo hacia el Polo Sur antes que tener algo que ver con ella.

–Creía que los hombres del Polo Norte eran duros.

–Lo son, pero Eva Skavanga es un caso especial.

–¿Tiene algún problema con los hombres?

–Tiene una actitud poco afortunada con los hombres.

Mark estaba eligiendo las palabras con mucho cuidado.

–Explícamelo –insistió él.

–Britt, la hermana mayor, es segura de sí misma, una gran empresaria y ya está casada. La menor, Leila, es casi una desconocida porque siempre ha estado a la sombra de Britt y Eva...

–¿Cuál es la fama de Eva? –le cortó él–. No me interesan las otras dos, no están aquí.

–Es una solitaria. Es posible que le hayan hecho daño en algún momento.

–Pero no tanto daño como para impedirle meterse en mi casa y bañarse en mi piscina...

–¿Se coló en tu casa? –preguntó Mark con asombro.

–Me aterró –contestó Roman con ironía–. Hasta que acepté hablar de su adorada Skavanga.

–Muy propio de Eva.

La voz de Mark tenía el mismo tono de admiración que le fastidió al principio y que le hizo resoplar esa vez.

–Ya está bien, Mark. Es un incordio, como mínimo. Olvídate de que te he llamado. Ya me aclararé con ella... y me libraré de ella.

—¿Está en tu casa?

—No te preocupes, no es mi tipo. Solo voy a llevarla a la boda.

—¿Vas a llevarla a la boda?

—¿He contratado a un loro? Voy a llevarla para no perderla de vista.

Mark se rio nerviosamente y él comprendió que su ayudante no se había quedado tranquilo.

—Tranquilo, Mark, no tengo planes inmediatos para ella.

Quizá, más adelante, se dijo a sí mismo.

—Si me hubieses dejado que te pusiera en contacto con ella cuando estabas en Skavanga, ella no habría hecho el viaje.

—Pareces preocupado, Mark. ¿De qué lado estás?

—Del tuyo, claro, pero...

—No eludí las peticiones de Eva para verme. No les hice caso. Ya deberías saber que las súplicas equivocadas de mujeres sentimentales no me impresionan. Eva es una pequeña accionista y no tiene privilegios porque forme parte de la familia que da nombre a la mina. Voy a tratarla como a cualquier otro pequeño inversor, ni mejor ni peor.

¿Y en el terreno personal? Domar a Eva Skavanga era muy atractivo. Cortó la llamada sabiendo lo que quería saber. Eva no tenía pareja. Pensó en tenerla debajo y apasionada. Sonrió levemente mientras se quitaba la toalla. Había sólidos motivos empresariales para mantenerla cerca. Mientras estuviese allí, no alteraría el trabajo de la mina. Se repararía cualquier daño que causara la perforación, y Eva lo habría sabido si hubiese asistido a las reuniones que celebró en Skavanga en vez de boicotearlas. En ese momento, estaba atrapada en una isla con un transbordador que hacía lo que él ordenaba. La mandaría a casa cuando le pareciera bien.

Se puso unos pantalones de algodón y una camisa limpia. Pensó afeitarse, pero descartó la idea. Una imagen del cuerpo de Eva se presentó en su cabeza y abrió el cajón para buscar un frasco de crema protectora. No era un acto de bondad. Ella vivía en el Ártico y el sol era muy fuerte en la isla. No quería que se quemara y no pudiera acostarse con ella. Se miró en el espejo y se imaginó el rostro desafiante de Eva. No se le ocurría nada que le gustara más que darse un revolcón con una mujer ardiente. Eva sería su invitada en la boda y, después, le concedería toda su atención, como ella había pedido.

Había encontrado el picaporte con la cabeza de un león. La rodeó con la mano para abrir la pesada puerta y sintió un placer más que considerable. ¿Todo sería tan agradable de tocar en esa casa, incluido el conde? Ya estaba bien de fantasías. Tenía unos quince minutos para ducharse, cambiarse y encontrarse con él en el vestíbulo. Habría sido suficiente si pudiese dejar de mirar alrededor como una paleta. Había abierto la puerta a un mundo de lujo y arte. La decoración, como en el resto del *palazzo*, era discreta pero evidentemente cara. Tonos grises, verdosos, marfil y blancos con un par de objetos decorativos exquisitos y un cuadro enorme sin enmarcar que entonaba con la colcha de la cama... ¿Ese cuadro era un homenaje a Picasso? Se acercó y comprobó que era de Picasso. La última vez que lo vio fue en un museo de Estocolmo y decía que era una cesión anónima. Roman Quisvada vivía con cierto estilo y, a regañadientes, tenía que reconocer que le gustaba. Le sorprendía que ese hombre poderoso y bárbaro viviera como un entendido. Era un hombre interesante... en más de un sentido. Dejó la mochila sobre una alfombra que parecía carísima e intentó no hacer comparaciones entre la seductora forma de vida del conde y el seductor conde. Fue hasta la terraza que daba al mar. El olor a flores era embriagador, se apoyó en la balaustrada de piedra y deseó tener más tiempo para soñar, pero el tiempo pasaba y tenía que ducharse y vestirse.

Había cuatro puertas en la habitación. La primera era de un vestidor, para el invitado que lo tuviera todo, no para ella, desde luego. La segunda le mostró un gimnasio y la tercera, un cuarto de baño de mármol. Se quedó boquiabierta. Tenía una bañera y una ducha encastradas y solo podía describirse como suntuoso. Había toallas blancas como para un regimiento y el agua salía con tanta presión que podría llenar un embalse. Volvió al dormitorio y no pudo resistir la tentación de dejarse caer en la descomunal cama. ¿Cómo iba a poder marcharse de allí? Un golpe en la puerta le dio la respuesta.

—¡Eva...!

—¡Cinco minutos! —gritó ella aterrada porque no se había duchado todavía.

—Ni un minuto más —replicó Roman en un tono tajante.

¿Cómo la castigaría si se retrasaba? Tenía que dejar de pensar así, aunque fuese en broma. Podría dejarse arrastrar por él. En Skavanga podía hacerse la dura, pero allí estaba jugando en una liga muy por encima de sus posibilidades.

Se duchó, se secó, se recogió el pelo encima de la cabeza y se lo sujetó con la única pinza que había encontrado en la mochila. Era vieja y de plástico, pero no tenía tiempo para secarse el pelo como era debido. Entonces, los golpes en la puerta empezaron otra vez. Si tardaba mucho más, Roman la tiraría abajo. Era una activista, no una estilista. Entonces, ¿qué la preocupaba?, se preguntó mientras se miraba en el espejo de cuerpo entero. ¿Qué le importaba que Roman fuese vestido con

sus mejores galas mientras ella lo más que podía decir
era que iba vestida? Él lo había querido. Abrió la puerta
con una confianza renovada.

–No.

–¿No?

–No –repitió él.

Había estado a punto de disculparse por su imagen,
pero se puso roja cuando él la miró.

–No puedes ir a la boda vestida así.

–Entonces, ¿qué propones?

Las cosas empeoraron cuando vio cómo iba vestido
él. Llevaba unos pantalones de algodón con un cinturón
de cuero precioso, una chaqueta clara de lino sobre los
hombros y una camisa oscura. Estaba más impresionante que antes si eso era posible. El pelo moreno seguía húmedo y la barba incipiente ya le ensombrecía el
rostro con gesto de desaprobación. Debería ser ilegal
ser tan guapo. Si todos los empresarios despiadados
eran como Roman Quisvada, no le extrañaba que pudieran vaciar los activos antes de que ella pudiera meter
un palo en su rueda.

–¿Y bien? –preguntó ella mientras él seguía pensando
con los ojos entrecerrados–. No he venido para asistir a
una boda. Ni siquiera quiero ir. Tú lo propusiste y...

–Es verdad –reconoció él pensativamente.

–¿Te avergüenzas de mí?

Él pareció volver en sí, como si, sinceramente, no se
le hubiese ocurrido.

–No siento nada hacia ti. Es que creo que podrías estar más cómoda si estuvieses vestida de otra manera,
eso es todo.

–Eso lo resuelve todo –ella fue a volver a la habitación–. Te esperaré en el pueblo...

–Me acompañarás y nos iremos ahora. No tienes
elección, Eva. La decisión está tomada.

Capítulo 5

DE VERDAD crees que alguien se fijará en lo que
llevo puesto? –preguntó ella con cierta preocupación.

–Todo el mundo se fijará en lo que llevas puesto.

–Porque voy contigo.

–Sentirán curiosidad –reconoció Roman encogiéndose de hombros.

–¿Por qué no dices que soy una empleada que se ha
presentado de repente?

Por primera vez, pareció divertido.

–Nadie se lo creería, Eva. Me conocen lo bastante
como para creerse que alguien podría sorprenderme así.

–Porque todos tus empleados hacen lo que les dices,
claro.

Él la miró con un gesto que indicaba que todo el
mundo hacía lo que decía, con una notable excepción.

–A lo mejor piensan que soy del equipo del grupo
musical...

–¿Es lo que quieres que piensen? –preguntó Roman
apretando los labios atractivamente.

–Me da igual lo que piensen.

–A mí me parece que no te da igual. Son buenas personas, Eva. Creo que querrás caerles bien.

Esa era la única respuesta que ella no se había esperado y la única para la que no tenía una réplica inge-
niosa. Era tan inesperado que Roman se preocupase
que, improcedentemente, los ojos se le llenaron de lá-

grimas. No estaba acostumbrada a que alguien se preocupase por ella, aparte de sus hermanas, y, normalmente, tenían miedo de que les arrancara la cabeza de
un mordisco. Nunca se había sentido tan violenta ni tan
fuera de lugar.

–Solo intento ser práctico, Eva. Intento ayudarte,
¿por qué no lo aceptas? Además, no tenemos mucho
tiempo.

Él miró su reloj y ella supo que tenía razón. Sería
una grosería que un invitado de su categoría llegara
tarde a la fiesta.

–¿Qué propones? –preguntó ella encogiéndose de
hombros.

–Ese cinturón –murmuró él.

–¿Qué cinturón? –preguntó ella frunciendo el ceño
con impaciencia.

–El que llevas con los vaqueros. Es muy bonito.

A ella le sorprendió que se hubiese fijado. Era un
cinturón bueno y se lo compró con otras cosas en me-
moria de su madre, que había sido muy femenina. Era
una tira de cuero con turquesas engarzadas en plata.

El cinturón, afortunadamente, había conseguido que
dejara de mirar los impresionantes pechos de Eva cubiertos por una camiseta demasiado ceñida. Solo eran unos
más de los atributos que ella parecía ignorar completamente. Además, el cinturón le había dado una idea. Efectivamente, podría no asistir a la boda de su primo con una
«acompañante» tan poco convencional, pero tal y como
iba ella, y en contra de la opinión que tenía de él, no tenía
la costumbre de humillar a los demás y quería ayudarla.

–¿Adónde vas? –le preguntó ella mientras él se ale-
jaba por el pasillo.

Él nunca había tenido que dar explicaciones, pero
volvió al cabo de unos segundos con una camiseta blanca
que todavía estaba en su envoltorio.

–¿Qué se supone que tengo que hacer con esto? –preguntó ella cuando se la entregó.

–Volver a tu cuarto y ponértela.

Ella la sacó del envoltorio y la extendió.

–¿Lo dices en serio? Supongo que es tuya y es, como mínimo, del doble de mi talla, Roman.

–Como mínimo.

–¿Entonces...?

–Póntela. Si no resulta bien, aparcaremos la idea. Pruébatela –le pidió él disimulando una sonrisa ante la expresión de ella–. Nunca se sabe. A lo mejor te gusta...

–Lo dudo mucho.

–Hazlo, Eva, o llegaremos tarde.

Él había cambiado de tono y ella, con cara de pocos amigos, entró en el cuarto y le cerró la puerta en las narices por segunda vez desde que se conocían, y era muy poco tiempo. El orgullo se debatía con su prudencia natural, pero Roman tenía razón. No quería parecer completamente idiota en la fiesta y, si intentaba que la camiseta de él pareciese un vestido, no estaría tan fuera de lugar. Era una fiesta en la playa y podía intentarlo. Naturalmente, la camiseta no le quedaba bien. Se apretó más el moño con furia y abrió la puerta.

–¿Pasa algo? –preguntó él apartándose de la pared.

Aparte de que la camiseta se le caería si ella no se la sujetaba...

–No, no pasa nada. Siempre salgo así por la noche –contestó ella con una mirada demoledora.

¿Tenía que parecer tan tranquilo, divertido... e impresionante?

–Lo que pasa es más que evidente. La camiseta me sobra por todos lados. ¿Qué crees que pasará si la suelto?

–Prefiero no imaginármelo –contestó él apretando los tentadores labios–. Creo que necesitas ayuda.

–¿Te crees gracioso?

–Eres muy susceptible. ¿Tienes remordimientos de conciencia, Eva Skavanga?

–¿Por qué?

–Es posible que, después de todo, no hubieses debido venir.

–Es posible que no hubiese debido confiar en ti cuando me ofreciste una cama para pasar la noche. No sabía que habría tantas complicaciones.

–Ven.

–No pienso –replicó ella dándose la vuelta y retrocediendo un paso.

–Eva...

Su voz era suave, era como un domador de leones que escondía el látigo. Ella retrocedió otro paso. No le gustaba nada la expresión de él. Estuvo a punto de dar un alarido cuando le puso las manos en los hombros. Tenía que mantener la calma y no reaccionar. Se quedó rígida mientras él volvía a darle la vuelta para que lo mirara.

–¿Qué... haces?

–¿Dónde está el cinturón, Eva?

–Lo dejé con los vaqueros y, si estás pensando lo que creo que estás pensando, puedo decirte desde ahora que no solucionará la situación.

–Si no te importa, tráelo y déjame que sea yo quien lo decida.

¿Otra orden? Ella entrecerró los ojos, pero, en el fondo, podía ir a por el cinturón y demostrarle lo equivocado que estaba.

Él le puso el cinturón, bastante suelto, alrededor de la cintura.

–Así... –murmuró él mientras le bajaba el cuello de la camiseta casi hasta un hombro.

Eva se estremeció cuando le rozó la piel y Roman se separó un poco para mirarla.

–Un toque más...

Ella se quedó boquiabierta cuando él le soltó el enmarañado pelo, que le cayó como una cascada sobre los hombros.

–¡Mira lo que has hecho! –exclamó ella intentando arreglarse el pelo.

–*Bellissima...* –Roman le apartó la mano–. Ya estás lista.

Ella se dio la vuelta con rabia para alejarse de él y se vio en el espejo. ¡Por todos los santos, parecía casi femenina!

–De ser un chicazo impulsivo a parecer salida de un cuadro de Botticelli –comentó Roman con ironía–. Vas a ser la sensación de la fiesta.

–Lo dudo mucho. Además, si quieres dar a entender que parezco la Venus del cuadro de Botticelli... No estoy desnuda ni pienso subirme a una concha.

–Bueno, intenta no pisar una cuando estés en la playa –replicó él sin inmutarse por la expresión acalorada de ella.

Se burlaba otra vez. Otra vez esos ojos malvados, esos dientes maravillosos, esa boca sexy y perversa...

–¿Estás preparada, Eva?

–Si tú lo dices... –concedió ella con un gruñido y consiguiendo dejar de mirarlo.

No tomó el brazo que él le ofreció y pasó de largo.

–Gracias por ayudarme, hoy en día es casi imposible encontrar un buen estilista.

–No provoques, *signorina* –gruñó él justo detrás de ella.

Sintió un escalofrío en la espalda, pero, si él estaba arqueando una de sus arrogantes cejas, podía darle un rodillazo entre...

–Estás muy guapa –comentó él poniéndose a su altura mientras llegaban a la escalera.

–Gracias –consiguió decir ella con la voz firme.

La voz era lo único que le quedaba firme. Desgraciadamente para ella, Roman hacía que sintiera cosas en sitios en los que no solía pensar. ¿Era posible no sentir nada con ese hombre? Se retrasó unos pasos para comprobar qué pasaba. Aparte de que, evidentemente, era impresionante, Roman Quisvada irradiaba seguridad en sí mismo y se movía con la flexibilidad de un atleta. Llevaba el pelo largo, algo que le gustaba, sobre todo, cuando seguía húmedo y ondulado por la ducha...

–No te atrases, Eva. No quiero llegar tarde.

Ella hizo una mueca a sus espaldas y cruzó el vestíbulo, pero sus sentidos ya habían captado el rictus de su sensual boca cuando se giró para darle la orden. Era el colmo de la arrogancia, nunca había conocido a nadie como él...

–Eva –murmuró él mientras abría la puerta doble.

¿Tenía que esperarla con el pulgar metido en el cinturón y sus largos dedos desviando su mirada hacia el punto más... atractivo?

–Vamos... –le invitó él en tono burló.

Ella, después de haber asimilado el tamaño de su... atractivo, pensó que preferiría no ir.

Cuando llegaron, la playa ya estaba llena de invitados que saludaron a Roman como a un rey que volvía con su pueblo. Fue algo desconocido para ella, sobre todo, por los halagos que recibió de los hombres. Una vez más, desde que llegó a Italia, se alegró de hablar el idioma. No habría sido la mitad de divertido si no hubiese entendido lo que decían.

–Me siento como Cenicienta en el baile –reconoció ella después de que la abordara un grupo de amigos de Roman.

–Mis amigos te encuentran... intrigante –comentó él.

–¿Porque no me habían visto antes o porque se preguntan qué hago contigo?

–Ninguna de las dos cosas. Porque eres atractiva y ellos son hombres ardientes a los que les gustan las mujeres atractivas.

¿Era atractiva? Eso era una novedad para ella y era la primera vez que un hombre se lo decía. La habían calificado de cabezota, discutidora, competitiva, tempestuosa o, sencillamente, peleona. ¿El calificativo de «atractiva» explicaba que Roman mirase a sus amigos con el ceño fruncido? ¿Era posible? Quiso sonreír.

–¿Hay algo que te hace gracia? –preguntó él mirándola con el ceño más fruncido todavía.

–No –contestó ella fingiendo sorpresa.

Al ver su cara, casi podía creerse que Roman estaba celoso. Probablemente, eso no le parecería gran cosa a una mujer normal, pero, para ella, era algo insólito. En Skavanga, los hombres la rehuían, salvo que llevara vaqueros y estuviera haciéndoles pasar un mal rato, pero allí, en el Mediterráneo, la perseguían y eso le divertía, sobre todo, cuando sabía que no corría ningún peligro, ni por parte de Roman ni por la de sus amigos. Al menos, mientras él estuviese cerca. Roman había dejado muy claro que era el que mandaba y que nadie entraba en su territorio.

Mientras él hablaba con otros invitados, que la miraban con curiosidad, ella pasó una mano por el cinturón y se acordó de su madre. Utta Skavanga nunca había disimulado que había tirado la toalla y que ya no esperaba que su hija Eva llegase a resultar femenina. Además, cuanto más intentaba transmitirle su feminidad, más se rebelaba ella. Se había sentido un fracaso en comparación con sus hermosas hermanas y había decidido convertirse en un chicazo. El chicazo que seguía siendo. Mejor dicho, el chicazo que había sido hasta ese día. Un italiano había despertado esa faceta de ella, el estilo innato de Roman había conseguido que sus amigos la rodearan.

–Tus amigos son simpáticos –comentó ella cuando él volvió con ella.

–¿Simpáticos? –él se giró hacia algunos de los hombres que seguían mirándola–. Son unos villanos sin escrúpulos, sin excepción.

Ella tuvo que contener una sonrisa por la vehemencia de él. Quizá le gustase un poco... Estaba siendo ridícula. Roman era un hombre mediterráneo de sangre ardiente al que le gustaban todas las mujeres. Sin embargo, a ella le gustaba captar su interés aunque fuese una noche. Era algo nuevo, distinto y agradable. Normalmente, los hombres mostraban interés cuando querían que ella cambiara una rueda para no mancharse el traje, o cuando le pedían que manejara una herramienta pesada en la mina si alguien quería marcharse pronto a casa. Aparte, su relación con el sexo contrario se había limitado a jugar a los dardos, a jugar al billar o a contar los puntos en el ring del gimnasio, y nada de eso le había dado la ocasión de ejercitar su feminidad.

–Y no hacía falta que tú fueses tan simpática –añadió Roman dirigiéndose otra vez a ella.

–¿Por qué te importa? –preguntó ella sin inmutarse y esperando en vano algún halago.

–No me importa.

–Vaya, podrías haberme mentido.

–Estás muy mona vestida así, peligrosamente mona.

–¡Anda ya! ¿Mona? Voy a vomitar.

Se vio transportada a la mina, cuando se peleaba con los hombres. Estaba tan segura de que Roman estaba burlándose, que tenía que golpear primero. Además, podían llamarla beligerante, inmadura, hiriente, pero ¿mona?

–Si no me crees, mírate –replicó él dándole la vuelta hacia el bar.

Detrás de la barra había un espejo largo y ella, entre las botellas y los camareros, pudo ver a una chica que no reconoció casi, una chica con las mejillas sonrojadas, los ojos brillantes y una melena despeinada de color bronce, una chica delgada al lado de un coloso que parecía el sueño de cualquier mujer, pero, en vez de sentirse halagada o emocionada, sintió que el miedo le atenazaba el estómago. La Eva de siempre había vuelto y estaba dispuesta a defenderse del dolor y el ridículo, de todas las cosas que nunca había sabido hacer, como aceptar un halago dando las gracias.

–Si hubiese tenido algo más que ponerme, me lo habría puesto –comentó ella atropelladamente.

Roman hizo una mueca de escepticismo con los labios.

–¿Estás riéndote de mí? ¿He dicho algo gracioso?

Estaba incómoda y cada vez tenía más calor. No podía competir con las demás chicas de la fiesta, con sus esmerados peinados y sus vestidos exclusivos. Debería haber sabido que Roman acabaría burlándose. Seguramente, la había invitado a la fiesta solo por eso. Seguramente, era su forma de castigarla por haber alterado la mina y por haberse presentado en la isla de esa manera.

–¿Adónde crees que vas?

Él la agarró del brazo cuando ella fue a largarse.

–Me vuelvo al *palazzo*...

–Ni lo sueñes. Vas a quedarte conmigo. No creerás que voy a dejarte sola en mi casa, ¿verdad?

–Una de tus casas.

–No enredes con los detalles.

Los ojos de Roman eran negros e irresistibles. Irradiaba poder. Intentó sofocar las ganas de salir corriendo todo lo deprisa y lejos que pudiera. Levantó la barbilla y aguantó su mirada.

–Me quedaré en la fiesta y representaré mi papel.

Se quedaría en la isla hasta que hubiesen hablado. Entonces, ya vería lo mona que le parecía.

–Perfecto –dijo él con frialdad.

Ella se relajó, se quedó quieta y él la soltó. Entonces, empezó a darse cuenta de cuánto lo apreciaban, casi lo reverenciaban. ¿Por qué le besaban la mano algunas personas mayores que él? Era un pueblo muy afectuoso y familiar. Eso era lo que echaba de menos y ella tenía la culpa. Había agotado a su familia con sus arrebatos. Había elegido el desbarajuste y la naturaleza que los rodeaba. Nadie había podido dar una respuesta al vacío interior que sintió cuando murieron sus padres y solo el imponente paisaje ártico parecía aliviar su dolor. Estar con gente como aquella demostraba que no había dado importancia a sus hermanas. ¿Cuándo fue la última vez que había pensado en la suerte que tenía o que se había tragado su orgullo para disculparse después de una pelea que, normalmente, había empezado ella?

–Creo que estás viendo otra cara de la vida –comentó Roman con su perspicacia habitual–. Parecía que estabas divirtiéndote y ahora estás seria otra vez.

–Estoy pasándomelo muy bien –reconoció ella–, pero me produce curiosidad que todo el mundo te dé tanta importancia.

–¿Mis virtudes están enterradas tan profundamente que no ves más allá de mi mala fama?

–¿Quieres decir que tienes virtudes? –preguntó ella abriendo mucho los ojos con ironía–. Lo que me gustaría saber es por qué te besan la mano algunas personas mayores.

–¿Preferirías que me escupieran?

Ella puso los ojos en blanco al comprender que no iba a llegar a ninguna parte.

–Solo era curiosidad.

La expresión de Roman le indicó que iba a quedarse con la curiosidad.

Capítulo 6

HABÍA notado cómo lo miraban las mujeres del pueblo. Sabía que estaban impacientes porque no tenía novia. Todavía lo consideraban el heredero, el hijo del señor que siempre sería su líder. Él no era ese hijo y la empresa que dirigía su primo era completamente legítima, pero los ancianos del pueblo seguían buscando a Roman para que se ocupara de ellos y les diera un heredero. Él se ocupaba y siempre los protegería, pero, desgraciadamente, iba a tener que decepcionarlos si se habían hecho ilusiones porque había acudido a la fiesta con una desconocida. Era curioso pensar que había repudiado esa comunidad tan cerrada, porque había creído que nunca podría formar parte de ella, y que en ese momento se sintiera en el centro de la misma. Sin embargo, también era verdad que la seguridad en sí mismo y en sus raíces se había hecho añicos el día que cumplió catorce años...

–Roman...

–Perdóname, Eva, estaba pensando en otra cosa.

–No quiero molestarte –replicó ella con sorna–. Estoy encantada mirando al infinito.

–Te presentaré a más gente –propuso él mirándola a los ojos.

–¿Vas a dejarme por mi cuenta?

–¡No! Estaré cerca, observándote.

–Fantástico...

Era lo que había dicho que haría. Era una ocasión

singular para él. Estaba acostumbrado a mujeres que sabían lo que querían y que se lanzaban directamente a su yugular. No les importaban sus sentimientos y, hasta ese momento, él tampoco había querido que les importaran. Estaban interesadas en su cuerpo y en su cuenta bancaria y eso le había bastado, pero Eva lo alteraba de verdad. Incluso, podría decir que un instinto de protección que había olvidado hacía mucho tiempo se había despertado dentro de él cuando sus amigos la habían rondado. Eva creía que sabía lo que querían, pero no tenía ni idea. Su lenguaje corporal le decía una cosa y la preocupación que se reflejaba en sus ojos la contraria. Estaba maravillosa, pero parecía no darse cuenta de las miradas de admiración que le dirigían. Todos los hombres querían acostarse con ella, pero él ya estaba allí. No había sentido nada remotamente parecido desde que se amargó la juventud y se prometió que no volvería a tener sentimientos. A los catorce años decidió que querer a alguien era una pérdida de tiempo y que los sentimientos eran muy dolorosos. Se había ablandado desde entonces, pero dudaba que pudiera olvidar la vergüenza que sintió al volver con sus padres adoptivos después de que sus padres biológicos lo rechazaran. Había traicionado a sus padres adoptivos de la forma más espantosa después del amor y las atenciones que le habían dado. ¿Y para qué?

–¡Estás haciéndolo otra vez! –exclamó Eva devolviéndolo al presente–. Aunque, esta vez, creo que debería alegrarme de que no tengas un arma a mano.

–¿Qué quieres decir?

Él lo sabía y dejó a un lado ese estado de ánimo sombrío.

–Ya que estamos aquí, deberíamos divertirnos –contestó ella.

–Me lo has quitado de la boca.

Casi se sonrieron y él se tranquilizó. Eva le había

dado muchos problemas en Skavanga, pero, debajo de toda esa fanfarronería, podía ver que solo era una chica tímida e incómoda que intentaba hacer todo lo que podía por los demás. No eran distintos en eso y, aparte de todo lo demás que pensara de ella, tenía que admirar su arrojo. Esa noche deberían olvidar sus diferencias y ver a dónde les llevaba eso.

—Cuéntame algo de tu familia.

—¿Qué quieres saber? —preguntó ella mirándolo con recelo.

Él no podía reprocharle esa cautela. No la habría recibido con los brazos abiertos en la isla y en ese momento esperaba que ella se sincerara sobre sus seres queridos. Era demasiado pronto y, como había supuesto, ella cambió inmediatamente de conversación.

Los cambios de humor de Roman la desconcertaban. Cuando sus ojos se ensombrecieron, la intensidad de sus sentimientos contenidos la habían asustado. Sin embargo, un sexto sentido le había dicho que esos sentimientos tenían que ver con el pasado. Aun así, respiró con alivio cuando otros invitados se acercaron a hablar con él y ella dejó de ser el centro de su atención. No quería contarle sus sentimientos, no quería hablar de su familia con un desconocido, no había pensado que Roman Quisvada llegara a saber quién era ella ni qué la motivaba, y seguía sin pensarlo. Sin embargo, tenía que reconocer que verlo hablar con otras personas era revelador. Parecía sinceramente interesado en todo lo que le contaban y, en cierto modo, le gustaría que pudiera dejarlo participar un poco. Era entregado y perspicaz y, evidentemente, las personas que estaban allí se alegraban de tenerlo como amigo. Envidiaba su don de gentes, algo que ella no había tenido nunca.

–Eva, me gustaría presentarte a...

Si era justa, Roman la presentaba como a una visitante apreciada y no como a un incordio al que le encantaría expulsar de la isla. Quizá nunca le hubiese dado esa oportunidad a nadie antes, se había imaginado que no le harían caso y que la cambiaría por alguien más interesante.

Entonces, una mujer que se iba a cenar con su familia se despidió de ella.

–Vuelve a visitarnos pronto, Eva.

–Sí, por favor, volver a visitarnos pronto, Eva –repitió Roman con toda la ironía del mundo.

–Deja de burlarte en este instante –le exigió ella con rabia–. Si no, te prometo que volveré.

Él se rio, para sorpresa de ella, aunque los dos sabían que el infierno se congelaría antes de que volviera.

–Entonces... Tu familia... –¿ese hombre no se rendía nunca?–. Tienes dos hermanas, Britt y Leila, y un hermano, Tyr. Tus padres están muertos, como los míos.

Ella iba a cambiar de conversación, pero el rostro de Roman se ensombreció y ella se apiadó.

–Siento tu pérdida...

–Y yo la tuya. Tuvo que ser complicado para ti.

–Mis hermanas se portaron maravillosamente... y Tyr también, pero es duro perder a un padre.

¿Por qué sintió esas ganas repentinas de tocarlo? ¿Cómo no iba a sentirlas si los ojos de Roman reflejaban el mismo dolor que sentía ella? Ella nunca mostraba el dolor, pero supuso que sus ojos también lo reflejaban porque, por una vez, ninguno de los dos dijo nada ocurrente. En realidad, y por un instante, hubo una conexión verdadera entre los dos.

–Entonces, ¿no sabes dónde está Tyr? –preguntó él rompiendo el hechizo.

–Está por ahí haciendo lo que haga –Eva sintió una

punzada de dolor por el hermano que desapareció hacía tanto tiempo–. Tyr se marchó de casa justo después del entierro de mi madre y no se ha vuelto a saber nada de él.

–Estás sonriendo.

–Me acuerdo de las descabelladas vacaciones cuando éramos más jóvenes. Para Tyr, la idea de divertirse era patinar en el lago helado para ver quién se caía primero.

–Tiempos peligrosos y felices...

–Sí...

Ella se quedó pensativa al recordar que fue antes de que la mina empezase a ir mal y su padre empezase a beber.

–Eva, ¿estás bien?

Roman tenía el ceño fruncido y ella se dio cuenta de que estaba preocupado. La verdad era que no sabía si estaba bien o no. El dolor de la pérdida la había golpeado como un mazo. Quizá fuese porque esas familias habían hecho que se diese cuenta de que no podía seguir viviendo en el pasado y de que nunca tendría un porvenir por el camino que llevaba.

Volvió a quedarse descolgada cuando más gente se acercó a hablar con él. *Signorinas* sonrientes de ojos oscuros coqueteaban con él y hombres guapos hasta decir basta le daban palmadas en la espalda. Él tenía una palabra amable para todos, hasta que un joven la invitó a bailar. Por un momento, creyó que él iba a estallar, pero, entonces, se encogió de hombros como si le deseara buena suerte. ¿Buena suerte para ella o para el joven? En cualquier caso, sentir su mirada clavada en la espalda mientras iba a la pista de baile era, como mínimo, desconcertante.

Estaba tensa, pero el joven mantuvo una distancia prudencial. Ella supuso que era por deferencia a Roman porque el joven lo miraba de vez en cuando como si quisiera tranquilizarlo. Roman estaba en el bar con sus amigos, pero, aun así, ella podía notar que la miraba cada dos por tres. El joven, por su parte, también miraba a sus amigos como si quisiera decirles que estaba bailando con la joven que había ido a la fiesta con el conde. De modo que, en el peor de los casos, era un incordio y, en el mejor, un trofeo para un muchacho que casi no necesitaba afeitarse. Perfecto. Hacía una hora o así se había imaginado que sería la fea del baile mientras Roman y sus amigos se divertían. Paradójicamente, estaba pasándoselo bien con otras personas, mientras le daba igual a la única persona con la que quería estar.

La sangre le hervía, le palpitaba en la sien y amenazaba con llevarlo a hacer lo que detestaba que se hiciera en las bodas. Al principio, se había alegrado de que un joven educado de una familia que él conocía bien la hubiese invitado a bailar. Había intentado convencerse de que se merecía un descanso de esa pelirroja y de que ya había cumplido con ella. Además, como habían acordado, una vez que estaba allí, no había ningún motivo para que no se divirtiera en la boda. Sin embargo, no había esperado sentirse así, como si no pudiera perderla de vista ni un segundo y tuviera que comprobar constantemente dónde tenía las manos ese joven. Unos milímetros podrían convertirlo en un toro enfurecido. Se disculpó y abandonó a sus amigos.

Estaba pasándoselo de maravilla, se dijo a sí misma con firmeza. Estaba bailando descalza en la playa y él joven era muy educado, aunque no ayudaba saber que solo bailaba con ella para impresionar a sus amigos. Nada ayudaba. Volvió a intentarlo. Bailar a la luz de la luna en una playa era fantástico. ¿Qué podía haber que fuese mejor? Bailar con Roman. Miró hacia el bar, se preguntó dónde estaría y se recordó que no eran una pareja. No podían exigirse nada el uno al otro. Además, no quería parecer grosera. Todo el mundo estaba siendo muy amable con ella, hasta ese entusiasta muchacho. Tenía que acabar el baile, pero ¿por qué se sentía como si todo se hubiese desinflado? El escenario era increíble. El cielo parecía un terciopelo negro con diamantes y algunas nubes para añadir cierto dramatismo. La música era cautivadora y el olor de la comida le hacía la boca agua...

–La comida huele maravillosamente –se apartó delicadamente de los brazos del muchacho–. Estoy muriéndome de hambre, ¿y tú?

–¿Quiere que le traiga algo de comer, *signorina*?

–No, no te preocupes, no quiero alejarte de tus amigos.

El muchacho salió corriendo como una liebre y ella sonrió con pesadumbre al saber que solo había sido un juego para él. También era un juego para Roman... Miró alrededor para buscarlo, pero no lo encontró. Daba igual, iría a comer algo. Los cocineros, con gorros blancos, llevaban toda la noche trabajando en distintas barbacoas. Eligió un bocadillo enorme, lo mordió y se dio cuenta de lo hambrienta que estaba. ¿Cuándo fue la última vez que comió algo?

–Veo que has terminado de bailar...

–Roman... –se dio la vuelta y casi se atragantó–. Perdona, me has asustado.

–Ya lo veo. Será mejor que pases eso –comentó él mientras le daba una botella helada.

La impresión de la limonada casera hizo que tosiera y se atragantara más. Ese no era el papel que se había escrito en Skavanga, el papel de una heroína que sabía muy bien cuál era su misión y cómo salir victoriosa. En su versión, sería clara y concisa, digna e irresistible, no se atragantaría con un bocadillo de salchichas.

Intentó no fijarse en que iba descalzo, en que llevaba los pantalones remangados y en que tenía unas pantorrillas increíblemente poderosas. A juzgar por el pantalón mojado, había estado caminando por la orilla, y ella estaba prestándole demasiada atención. Además, a los sitios equivocados. Levantó la cabeza y se encontró con su mirada burlona.

—Espero que estés pasándotelo bien —comentó él con el rostro entre sombras.

¿Por qué no iba a estar pasándoselo bien? Tendría que ser de piedra para no pasárselo bien. Era aterrador, era emocionante, era mucho más de lo que había soñado que podía ser. La luz de la luna hacía que todo fuese más misterioso y Roman Quisvada a la luz de la luna era un misterio como no había dos.

—Será complicado para ti cuando no conoces a nadie, Eva.

—Pero todo el mundo que he conocido ha sido muy simpático.

—Eso he visto —él miró alrededor—. ¿Quieres un pañuelo?

Ella había intentado lamerse los labios disimuladamente cuando él no miraba.

—Gracias...

—Te pido perdón por haberte dejado sola tanto tiempo.

—No te preocupes, me han atendido increíblemente bien.

Eso le había gustado tan poco como a ella que Roman hubiese estado controlándola todo el rato, pero, dadas las circunstancias, sería mejor hacer una tregua.

—Es una fiesta estupenda. Gracias por invitarme.

—No tuve muchas alternativas.

–Yo tampoco –replicó ella levantando la barbilla.

¿Quién podía saber lo que pensaba Roman? Hasta el leve brillo burlón de sus ojos parecía querer decir algo, como si él supiera algo que ella ignoraba. Era hora de marcharse, pero, entonces, él se rio, la brisa lo despeinó y ella se quedó hipnotizada mientras volvía a ponerse el pelo en su sitio.

–La fiesta no ha terminado todavía, Eva. Me da la sensación de que no has encontrado una habitación para pasar la noche...

Ella se alegró de que, en la oscuridad, no pudiera ver que se había sonrojado. Ni siquiera había pensado en buscarla.

–No te preocupes –siguió él como si hubiese sabido que se olvidaría–, te quedarás conmigo. No he cambiado de parecer.

Pero ella, sí. Sería un disparate quedarse con él. Tenía muchas fantasías en la cabeza, pero si la tocaba, si...

–No pongas esa cara, Eva, solo te ofrezco una cama para que duermas.

–¿Qué ibas a ofrecerme si no? –preguntó ella con los ojos entrecerrados.

Su tono pudo parecer de indignación, pero estaba decepcionada. Incluso, se sentía un poco humillada porque Roman no intentaba acostarse con ella. Quizá él lo supiera... No, no podía saber que la impetuosa y descarada Eva Skavanga no tenía experiencia. Sería bochornoso. Él se reiría y ella se reiría también. Era ridículo que una mujer como ella fuese tan ingenua.

–¿Pasa algo, Eva?

–¿Por qué lo preguntas?

–Estás frunciendo el ceño otra vez.

–No me pasa nada. Además, te agradezco que me dejes quedarme esta noche.

No había ningún problema. El *palazzo* era tan grande

como un hotel y lo más cerca que estaría jamás de Roman sería en sus fantasías, que ya era bastante cerca.

Habían vuelto a la pista de baile y casi no tuvo tiempo de darse cuenta cuando una de las chicas con las que había hablado antes la empujó, en broma, a los brazos de Roman, quien la agarró con fuerza antes de que ella pudiera zafarse. Se quedó rígida.

–Espero que no montarás una escena, Eva...

Su cuerpo percibía cada músculo del cuerpo de Roman y no se atrevía a hablar.

–No tendré que... bailar contigo –consiguió decir con la voz entrecortada.

–¿Tan espantoso sería? –preguntó él en un tono sexy mientras todo el mundo los miraba–. Creo que no vas a tener más remedio.

Ella sonrió y miró a la otra chica, quien estaba bailando alegremente con su pareja.

–Un baile –farfulló ella entre dientes.

–Me conformo con un baile –le tranquilizó Roman en tono burlón.

Capítulo 7

NADA de artimañas ni de bromas a mi costa ni de maniobras rastreras –le advirtió ella mientras su cuerpo se alteraba.

–Si no me necesitases tanto, si dieses rienda suelta a tu rabia, como sueles hacer, y me dijeras a dónde quieres que vaya, te sentirías mucho mejor, ¿verdad, Eva?

Era un malnacido. ¿Por qué se había tomado tantas molestias para buscarlo? Cada terminación nerviosa del cuerpo le dio la respuesta. ¿No se había enorgullecido siempre de ser muy fuerte? El cuerpo se le derretía mientras los pezones se le endurecían. El resto de ella... Era mejor no pensar en el resto de ella. Su cuerpo respondía a Roman como si hubiese encontrado la solución a sus problemas en un hombre que lo sabía todo sobre las necesidades de una mujer y cómo satisfacerlas. Debería haberse quedado en Skavanga para avivar la campaña contra él. ¿De verdad habría preferido hacer eso en vez de estar en esa isla y bailar con ese hombre?

–Por cierto –susurró Roman con la boca pegada a su oreja–, ¿a que estás pensando que por qué te habrás molestado en buscarme?

–¿Qué...? –preguntó ella antes de tomar aliento y serenarse–. Estoy aquí y me quedaré hasta que haya conseguido lo que quiero de ti.

–Es posible que consigas más de lo que te imaginas –replicó él entre risas.

–Solo tendré que aprovechar mis oportunidades.

–Lo harás –concedió él mientras la estrechaba con más fuerza para poner a prueba su chulería.

–He dicho que nada de artimañas –le recordó ella mientras todos los sentidos se disparaban.

–Como quieras. ¿Estás cómoda? ¿Hay bastante espacio entre nosotros?

–Alégrate de que no lleve tacones.

Ella sonrió para contentar a quienes los miraban. Nunca podría haber bastante espacio entre ellos.

–¿Nos movemos? –preguntó ella cuando empezó a sonar la música.

–Perdona –murmuró Roman–. Estaba pensando en otra cosa.

–Qué halagador...

–Estaba pensando qué es lo que te da miedo y...

–No tengo miedo –le interrumpió ella.

–Estás muy tensa.

Le ardían las mejillas y su cuerpo era un torbellino. No había previsto lo que sentiría entre los brazos de Roman y no pensaba decírselo.

–Bailar conmigo será una tarea muy ardua para ti –replicó ella.

–No puedes ni imaginártelo.

Él cambió de posición para estrecharla con más fuerza y empezaron a moverse... muy bien.

–La gente está mirándonos. ¿Qué pensarán?

–Que eres nueva en el pueblo. Se preguntan quién eres y por qué estás conmigo.

–Espero que no crean que tenemos alguna relación...

–Casi seguro.

–¿Y no te importa? –preguntó ella mirándolo.

–Nunca explico mi vida privada y, desde luego, no la justifico.

Se quedaría rígida y no lo miraría. Sin embargo, Roman tenía algo que hacía que lo mirara. La leve sonrisa, el brillo malicioso de sus ojos...

–¿Te excita atormentarme? –le preguntó ella al verlo mirándola como si supiera lo fascinada que estaba.

–Me excita que me mires. En cuanto a provocarte... Sí, también me gusta. Podemos decir que es una forma de hacerte pagar. Aunque estarás de acuerdo en que hay una... química entre nosotros que dará que hablar...

–No estoy de acuerdo –replicó ella tajantemente.

–Eres muy atractiva cuando te enfadas –él le sonrió–. Y te arrepentirás si te separas –añadió él cuanto terminó la música–. No deberías perderte el baile siguiente.

Él estaba sonriendo otra vez de esa forma tan peligrosa y ella receló.

–¿Qué tiene de especial?

–Me lo dirás después, Eva.

–¿Te importa si antes separo la cabeza de tu pecho?

–Faltaría más.

Ella se apartó y vio que todo el mundo estaba mirándolos. ¿Qué esperaban? Solo sabía dos cosas con certeza: que Roman había ganado otro asalto y que ella no podía hacer nada al respecto.

Le encantaba ese rubor de Eva. Bailar con ella era divertido y sexy. No recordaba habérselo pasado tan bien nunca. Tenía un ritmo natural y disfrutaba provocándola. Era fácil provocarla y despertar su pasión. Sus sentimientos estaban a flor de piel y reprimidos a la vez. Cuando se olvidaba de estar tensa, él notaba que podía ser desenfrenada y muy sensual. ¿A quién no le excitaría eso? Sin embargo, ¿por qué una mujer tan atractiva se infravaloraba tanto? ¿De verdad tenía tan poca experiencia? Sospechaba que su reputación no la ayudaba.

Ella lo miraba con el ceño fruncido mientras esperaban. Siempre le había parecido que bailar era el preludio perfecto para una relación sexual, aunque también le gustaba pensar que la relación sexual no era obligatoria. Solo le sorprendía que una mujer tan apasionada como Eva se aferrara de esa manera a la castidad.

–Acabarás diciéndomelo –murmuró él.

–¿Qué te diré? –preguntó ella en tono defensivo.

Las casamenteras habían captado su interés por Eva y no iba a defraudarlas cuando empezara el baile siguiente, aunque ella estaba más nerviosa cada vez, como si sospechara que estaba tendiéndole una trampa.

–No me divierte bailar –siguió ella mientras miraba a los espectadores–. Lo evito si puedo.

–¿Como evitas a los hombres?

Ella, atónita, se quedó un momento en silencio.

–¿De dónde has sacado eso?

–No irás a negarlo, Eva.

–No me interesan, aunque no espero que lo entiendas. Creo que salir con un hombre detrás de otro no es obligatorio...

–Tranquila, Eva. No busco pelea. Es un mundo libre y puedes hacer lo que quieras.

–Es un alivio saberlo...

–El sarcasmo no va contigo, y mentir sobre tu interés hacia los hombres, tampoco. Tú me dices una cosa y tu cuerpo la contraria.

–He estado bailando –replicó ella con los ojos como ascuas azules–. Por si no lo sabías, eso exige que mi cuerpo se mueva.

–Aunque no estrechándote con tanto entusiasmo contra el mío... Pero perdóname si lo he interpretado mal...

La música empezó y ella resopló.

–¿Te ha hecho daño alguien, Eva?

–No he venido a la fiesta para hablar de mi vida personal contigo. He venido solo por un motivo, por Skavanga.

–Entonces, ¿es que naciste incapaz?

Roman la miró sin disimular lo bien que estaba pasándoselo y ella no aguantó más.

–Si te refieres a si sé decir lo que tengo que decir, sí, lo sé. Si te refieres a si sé cómo evitar convertirme en otro dato para las estadísticas de un arrogante que va de cama en cama, también lo sé. Me alegra decirte que también puedo...

Se quedó sin respiración cuando Roman la tomó entre los brazos.

–Eva, hablas demasiado.

Oyó unos vítores y vio que los recién casados se habían unido a ellos en la pista de baile. Incluso, se olvidó de la insoportable arrogancia de Roman y sonrió. Eso era lo bueno de las bodas. Podías dejarte llevar sin que la gente pensara que estabas loca. Además, parecía como si eso fuese lo que había estado esperando todo el mundo. El baile acababa de empezar cuando el novio tomó a la novia en brazos y se la llevó. Eso también estaba en las bodas. El sexo. Estaba en la cabeza de todo el mundo, no solo de los novios.

–¿Qué está pasando? –preguntó ella con espanto al ver que todo el mundo los rodeaba–. No tendremos que hacerlo... Ya habrás bailado bastante...

–Vaya, ¿Eva Skavanga está poniéndose nerviosa?

–¿Tan evidente es?

–No te preocupes, Eva. No tienes que hacer nada. Déjalo todo en mis manos.

–¡Cuánto me tranquiliza!

Su sarcasmo se esfumó cuando la música cesó y él

la besó. No fue un beso de cortesía. No tuvo nada de cortés. La besó firme y meticulosamente... y con mucha destreza. Seguía temblando cuando todos empezaron a vitorear. Estaba deslumbrada, pero nadie se daba cuenta. Entonces, Roman la soltó y la dejó temblando. Se tapó la boca como si quisiera disimular la excitación. Era el primer beso que le daba un hombre que sabía lo que estaba haciendo. Roman se había adueñado de su boca con la misma seguridad que ponía en todo y le había gustado mucho. Sus fantasías eran como conchas vacías en comparación con eso.

La pareja siguiente entró en el círculo y ella quiso mirarlos. Cuando llegó el momento, el hombre se inclinó y la besó castamente en las mejillas.

–¿Ya está?

Eva lo miró acusadoramente y él se limitó a arquear una ceja. El conde Roman Quisvada era un manipulador sin escrúpulos. El baile solo era un juego inofensivo, no el preludio de una orgia.

–¿Pasa algo, Eva?

–Sí, tú –contestó ella mirándolo con furia–. ¿Cómo te atreves...?

–¿Cómo me atrevo? –preguntó él con indolencia.

–No te hagas el inocente. Sé lo que has hecho.

–Eso espero. Ahora, ha llegado el momento de que nos marchemos...

–De que tú te marches.

Él lo pasó por alto y le hizo una reverencia en broma.

–¿Puedo darte las gracias por el baile?

–Si quieres que monte una escena...

–No especialmente –él la sujetó cuando ella se tambaleó al intentar alejarse precipitadamente–. ¿Nos vamos, Eva?

Ella se soltó, resopló y se dirigió hacia las sombras que había a un costado del bar, donde podría lamerse las heridas en privado. Seguía temblando por el beso. Su cuerpo nunca olvidaría esa sensación. Nunca olvidaría lo mucho que anhelaba más. Su lengua tentadora, el contacto de sus manos cálidas en los brazos, la increíble sensación de que su cuerpo se... endurecía contra ella... Y lo peor de todo, su reacción ávida y penosa. Había sido como si ella hubiese sido un violín entre sus manos, y delante de todo el mundo. No había sido un beso, había querido burlarse de ella, había querido que pagara por su comportamiento en la boda de su hermana y por lo que había hecho en la mina. Solo era una partida de poder y él había ganado otra batalla, pero no estaba derrotada todavía.

–¿Otro baile? –le preguntó una voz ronca con ironía–. ¿Te he agotado, Eva?

–Has agotado mi paciencia –contestó ella dándose la vuelta.

–Si fuese el único hombre sobre la faz de la Tierra, querrías acostarte conmigo, ¿verdad, Eva? –le preguntó Roman con una sonrisa y apoyado en la barra del bar.

–Eres...

–Sé lo que soy –le interrumpió él–. La cuestión es si tú sabes quién eres.

–¿Ni siquiera estás avergonzado?

–¿Por qué iba a estarlo? –él se encogió de hombros–. Me ha gustado y a ti, también.

–¿Eso crees? –se burló ella.

–Lo sé –contestó él aguantando la mirada de rabia de ella.

Todo eso habría sido más fácil de sobrellevar si él no fuese tan impresionante y el peligro no fuese tan adictivo.

–Si hay más lagunas en tu educación, Eva, estaré encantado de llenarlas.

–No lo dudo.

Pasó a pensar en lo que había debajo de su cinturón
y sintió una palpitación insistente entre las piernas.
Contuvo el aliento y el corazón se le desbocó. Sin embargo, ¿lo quería? Él la miraba desafiantemente a los
ojos y tenía una expresión que no le había visto nunca.
Aunque pareciese increíble, Roman Quisvada quería
acostarse con ella y lo quería en ese momento.

Capítulo 8

QUIZÁ hubiese podido lidiar mejor ese encuentro con Roman si su experiencia no se limitase a aterrorizar a todos los jóvenes de Skavanga. Quizá no, se corrigió a sí misma mientras Roman se la llevaba de la fiesta. Las parejas paseaban del brazo por la orilla, ajenas al drama que se representaba a unos metros de ellas. Un poco más lejos, Roman le dio un ligero codazo y se llevó un dedo a la boca mientras pasaba junto a unas sombras que ondulaban entre suspiros sobre la hierba. La pareja ni siquiera los vio y ella envidió esa capacidad para entregarse el uno al otro. ¿Llegaría a saber ella lo que era eso? Le parecía improbable porque lo que era natural para ellos era un obstáculo insalvable para ella. Roman notó que algo la preocupaba.

−¿Pasa algo, Eva?

−No −mintió ella alegrándose de que él no pudiera ver lo abochornada que estaba.

¿Eva Skavanga estaba abochornada por una pareja que hacía el amor? Además, estaba aterrada ante la idea de una relación sexual con penetración. ¿Sería humillante si Roman lo supiese? ¿Saldrían a relucir esos miedos cuando llegaran al *palazzo*?

−Cuidado con esas piedras −le avisó él agarrándola del brazo.

Ella, a pesar de esos pensamientos turbadores, confió en él. Lo miró y deseó poder sincerarse, pero nunca podría hacerlo en cuestiones tan personales. Aun así, se alegró de que Roman la guiara agarrándola del brazo.

–Ya está liso –comentó él soltándola–. No puedes tropezarte con nada.

Salvo con su corazón.

–Gracias...

Caminaron juntos, pero estaban muy separados y ella echaba de menos su contacto.

–Mantente cerca, Eva.

–Lo haré –aseguró ella sonriendo–. Seguiré tus pasos hasta que hayamos hablado.

–¿Es una promesa? –preguntó él riéndose.

–Puedes estar seguro.

La risa de Roman era cálida, pero solo pertenecía a esa noche. Siguieron por el sendero serpenteante que llevaba al *palazzo*. El edificio resplandecía sobre ellos a la luz de la luna como un espejismo y ella esperó que sus objetivos fuesen más reales. No se había olvidado de los motivos que la habían llevado a la isla y estaba decidida a que Roman la escuchara. La cuesta se hizo más empinada y ella se detuvo para tomar aliento. Él lo aprovechó para preguntarle si se lo había pasado bien en la fiesta.

–Claro –contestó ella–. Menos cuando me engañaste con ese beso, pero me lo vas a pagar.

–Cuento con ello. Creo que deberías salir más de Skavanga.

–Es posible. La música fue fantástica –reconoció ella apoyándose en una roca–. Me llevó de la alegría a la tristeza con solo una canción. ¿Te parece un disparate?

Él apretó los labios y se encogió de hombros. No le parecía más disparatado que estar con esa chica tan compleja para acostarse con ella. Además, le complacía que compartieran una de sus mayores aficiones.

–La música también me emociona –reconoció él acercándose a ella.

¿Realmente iba a hacer eso? Estaba yendo más lejos que lo que solía ir con una mujer.

–Me enfadas –reconoció ella.

–¿De verdad? No pareces muy enfadada.

–Ahora, no –ella sonrió–, pero antes...

–Ah... –susurró él al comprender que se refería al beso.

Ella sonrió con la mirada perdida en el mar.

–Haces que me ría de mí misma, Roman, y supongo que lo necesitaba desde hace mucho.

–No querrás que lo comente, ¿verdad?

–Ni se te ocurra –contestó ella mirándolo–. ¿Por qué me provocas todo el rato?

–Autoridad, dominación, oportunidad...

–Eres increíble –replicó ella sacudiendo la cabeza.

–Eso quiero pensar.

Él le apartó el pelo de la cara y se miraron un momento.

–Vamos –dijo él.

Ella le tomó una mano y a él le gustó.

Se sentía segura con él y eso era un disparate. Hacía que quisiera ser distinta, atrevida en todas las facetas de su vida. Hacía que quisiera ser más desenfadada y divertirse sin tener que jugar a los dardos o al billar. Lo miró y se dio cuenta de que la firmeza de sus labios debería bastar para recordarle que una mujer tan inexperta como ella no debería estar coqueteando con un hombre como él. Le soltó la mano. Ella era todo fachada y fantasía y él era una realidad con la que no podían lidiar la mayoría de las mujeres. Si él supiese toda la verdad sobre ella, seguramente se reiría y ella se reiría con él.

¿Qué pensaría de que fuese «uno más de los chicos» porque nunca había tenido el valor de ser «una más de la chicas»?

—¿Voy demasiado deprisa, Eva?

—No.

Ella se rio e hizo un esfuerzo para seguir su paso. Todo iba disparatadamente deprisa. Roman la esperó en un recodo y sonrió cuando ella se acercó. En sus fantasías, él siempre ocupaba el centro del escenario. ¿Cómo no iba a ocuparlo si era un héroe por naturaleza? Además, después del beso en la fiesta... Sin embargo, en la vida real... En el terreno sexual, era demasiado para ella. Sería mejor empezar con un hombre más tímido. ¿Un hombre al que ella pudiera controlar? ¿Adónde llevaría eso?

La agarró cuando iba a pasar de largo y la puso delante de él.

—¿De verdad confías tan poco en ti misma, Eva?

—¿Yo? No. ¿De dónde te has sacado eso?

—Puedo interpretarte. Eres como un libro abierto para mí.

Ella miró hacia otro lado. Sentía la calidez de sus manos en los brazos y la falta de confianza en sí misma era lo de menos. Era noche cerrada y estaban solos, solo se oía el susurro del mar. ¿La besaría otra vez? ¿La besaría porque quería besarla y no para burlarse? Él inclinó la cabeza y la miró a los ojos. La hizo esperar hasta que se acercó a él. Contuvo el aliento cuando él le rozó los labios y la invitó a que lo besara. Anhelaba entrar en su mundo sombrío y sensual. ¿Era posible que los sentidos la embriagaran? Sí, se contestó mientras Roman la besaba de una forma que le impedía pensar con claridad. Era imponentemente viril y descaradamente sexual, pero no daba a entender que fuese a abrumarla con su fuerza. Eso, perversamente, hizo que sus fantasías se dispararan, que se imaginara debajo de él gozando de todos los placeres que podía darle un hombre, y de algunos que ella no conocía, pero que estaba segura de que él, sí. Roman le rodeó la cintura con un brazo y le tomó la cara con una mano. Deseó más, mucho más.

Hasta que bajó la mano al trasero. Lo que para él era natural e instintivo, para ella era aterrador, demasiado íntimo. Era todo lo que anhelaba, pero también lo temía y había perdido la confianza.

—Eva... —susurró él cuando ella se apartó.

¿Cómo era posible que una mujer de su edad tuviera miedo del sexo?

—¿Por qué te doy miedo?

—No me das miedo... De acuerdo, he oído algunas cosas —mintió ella detestándose por hacerlo.

—¿Te crees todo lo que oyes, Eva?

Miró sus hombros delicados y vulnerables a la luz de la luna. Asombrosamente, se sentía protector hacia una mujer que lo único que había hecho era pelearse con él. La deseaba, pero solo si ella también lo deseaba y sin las dudas que parecían perseguirla. Ella no era otra muesca en el poste de su cama, ella ya había alcanzado un punto dentro de él que nadie había alcanzado. Quería darle placer, quería abrazarla y...

—¡Para! —gritó cuando la vio acercarse al borde del acantilado.

Él conocía ese sendero como la palma de su mano, pero ella, no. La agarró con fuerza.

—¿Vas a zambullirte desde aquí? No lo hagas. Es demasiado peligroso.

Delante de ellos solo se extendía el mar con el reflejo de las estrellas. Si daba un paso más, caería a la costa rocosa.

—Yo...

Ella se dio la vuelta para mirarlo y tragó saliva. Estaba asustada y quiso besarla, pero se contuvo.

–¿Qué le dices a alguien que acaba de salvarte la vida? –preguntó ella.

–Creo que de ahora en adelante deberíamos tomárnoslo con más calma.

Ella apretó los labios y suspiró con desesperación.

–De acuerdo.

–No te preocupes, Eva, te mantendré a salvo... siempre que no vuelvas a hacer eso.

Se quedaron un rato en silencio. Ella supuso que los dos habían dicho más de lo que querían decir y la idea de Roman de mantenerla a salvo era llevarla al *palazzo*. Ella siempre había creído que era dueña de su destino, pero esa noche no lo parecía.

–Tengo que agradecerte que me hayas salvado.

–Por mucho que seas un incordio, no voy a permitir que te caigas del acantilado, Eva.

Él lo dijo en un tono ligeramente burlón y ella se sintió aliviada. Le divertía ese juego y quería decirle que confiaba en él, pero que no confiaba en sí misma, que podía complicarlo todo y que caerse del acantilado era casi lo de menos.

–Voy a pedirte otra cosa. ¿Podrías dejar de suspirar? No sé si significa que estás emocionada, reacia o, sencillamente, agotada.

–¿De bailar y besarnos? –preguntó ella con desenfado–. Creo que puedo soportarlo.

Ella había sabido desde el principio a dónde llevaba eso. Podría haberse echado atrás, pero no lo había hecho. Le diría la verdad cuando llegaran al *palazzo*. Era así de sencillo. Le diría claramente que no iba a acostarse con él, que no era ese tipo de chica. Entonces, ¿qué tipo de chica era?

–¿Dónde estás ahora, Eva?

–A tu lado...

Sin embargo, sabía lo que él quería decir y, sin duda, era un hombre con un gran apetito sexual. A ella se le encogió el estómago al pensar en lo que había hecho. Él la había tomado por lo que parecía por el beso y la reacción de ella. Era apasionada, entonces, ¿por qué no iba a ser apasionada en todas las facetas de su vida? Quizá fuese preferible que se lo dijera en ese momento...

–Eva...

El corazón le dio un vuelco cuando él se dio la vuelta para mirarla. Ella retrocedió un paso, hasta que se topó con la roca y él puso las manos a sus costados. No podía escapar. La miraba fija e irresistiblemente.

–¿Por qué no me dices la verdad antes de que lleguemos más lejos?

–¿Cómo lo has...?

–¿Cómo lo he sabido? ¿Lo dices en serio? Ya te lo he dicho antes, puedo interpretarte, Eva. No es muy complicado. Ahora, quiero que me digas toda la verdad.

–¿La verdad?

¿Iba a tener que explicarle que no era la chica que todo el mundo creía que era? Roman bajó los brazos y retrocedió encogiéndose de hombros.

–¿Qué hayas venido a verme a la isla solo tiene que ver con Skavanga y nada con nuestro encuentro en la boda?

–Nada en absoluto –contestó ella dándose la vuelta–. ¿Ya puedo marcharme? –preguntó ella con una sonrisa.

–Sé mi invitada...

Solo había unos metros hasta la verja del *palazzo* y la distancia entre ellos nunca le había parecido tan grande. Había vuelto a estropearlo todo. No sabía ni lo que quería ni lo que no quería. Roman, en cambio, le abrió la verja seguro de sí mismo y relajado. No se apartó y ella tuvo que rozarlo al pasar. Su virilidad la abrasaba por dentro, su parte física reclamaba placer a gritos, pero la Eva de siempre se encogió y previó el fracaso.

–Vamos...

Él le pasó un brazo por los hombros, abrió la puerta de la casa, la llevó hasta las escaleras, las subieron y, una vez en el rellano, siguió hasta su dormitorio sin dejar de mirarla a los ojos. Entraron y él cerró la puerta.

–No puedo hacerlo –dijo ella con el corazón desbocado.

–¿Qué no puedes hacer, Eva?

–Lo que esperas de mí, sea lo que sea.

–¿Estás segura?

–Con toda certeza.

–¿Cómo sabes lo que quiero que hagas? –preguntó él esbozando una sonrisa–. Te prometo que no le diré a nadie que Eva Skavanga se ha asustado si tú me prometes que no le dirás a nadie que tuve que engañarte para que me besaras.

–¿Quieres decir...?

–¿Que quiero besarte? ¿Tú qué crees, Eva?

Roman bajó la cabeza y la besó lenta e implacablemente mientras la llevaba hacia la cama. Ella, a pesar de que había decidido salir de todo eso, se agarró con fuerza a él.

Capítulo 9

ESTO es lo que quieres? –susurró besándola en el cuello–. ¿Y esto?

Él le mordió levemente el lóbulo de la oreja y ella tembló entre sus brazos. No podía hablar y le flaqueaban las rodillas. Él la sujetaba mientras ella flotaba y cuando le tomó un pecho con la mano y sus dedos se lo acariciaron con destreza, se sintió segura de sí misma y todas las barreras de desmoronaron. Dejó escapar un suspiro cuando una de sus manos se abrió paso entre sus piernas. El asombro de que la acariciara íntimamente fue tan grande que se quedó en blanco e, instintivamente, se cimbreó contra la mano para sentir más placer.

Se quitó las sandalias precipitadamente y se tambaleó, pero Roman la sujetó y, como tenía las manos temblorosas, también le ayudó a quitarse el cinturón y la camiseta. Todo lo que le había parecido temible e inalcanzable le parecía de repente lo más natural del mundo. Se quedó mirando mientras él se soltaba el cinturón y se quitaba la camisa por encima de la cabeza. Se quedó maravillada por su cuerpo musculoso y bronceado. Entonces, se preguntó qué sería esa sencilla cadena de oro que llevaba colgada del cuello. Era un hombre que no alardeaba. Hasta el reloj de muñeca era sencillo y de acero, sin las esferas y aparatos que otros hombres parecían necesitar. Además, la cadena era delicada y él no tenía nada de delicado. Sus músculos estaban en tensión

a la luz de la luna, que parecía atraída por tanto esplen-
dor, y el pulso se le alteró cuando él se quitó el cinturón
y lo tiró a un lado. También se quitó los zapatos con los
pies y se bajó los pantalones a lo largo de los poderosos
y bronceados muslos. Se quedó solo con unos calzoncillos de seda negros y con el pelo despeinado, parecía
más bárbaro que nunca. Era mucho más alto que ella,
mucho más grande, y le gustaba la sensación de sentirse
pequeña y protegida a su lado... y deseada por un guerrero así. Tenía las espaldas anchísimas, el abdomen
como una tabla de lavar, la cintura estrecha, las piernas
de acero, era impresionante, aunque apartó la mirada de
otras formas que se vislumbraban debajo de la seda...

—Eres preciosa, Eva —comentó él mientras le acariciaba el pelo con delicadeza.

Ella contuvo el aliento y captó la tensión que se ele-
vaba entre ellos. No había estado delante de muchos
hombres con un sujetador y un tanga casi transparentes,
si lo había estado delante de alguno, y recibió con gusto
el halago, pero ¿estaría a la altura de lo que él esperaba?
Miró hacia la cama y se preguntó cuántas mujeres increíblemente sofisticadas y glamurosas habría conocido. Tomó aire. Eso era una locura, pero ¿qué sería la
vida sin un poco de locura?

La mirada de Roman era cálida y un poco burlona.
Eso la relajó e hizo que se estremeciera por el deseo.
Quería estar cerca de él, que la acariciara y que la to-
mara entre los brazos. Quizá él también lo sintiera y lo
deseara. Se rio para sus adentros. Ojalá. ¿Por qué Eva
Skavanga era tan osada en todas las facetas de su vida
menos en esa?

Entonces, él le tomó la mano y lo que hizo la sorprendió, le pasó su pulgar por su labio inferior.

—¿Lo sientes, Eva?

Ella lo sentía en lo más profundo de su ser y él sonrió como si las sensaciones de ella fueran las suyas propias.

–¿Y esto...?

Le bajó la mano y le pasó lentamente la palma por los pezones. Se quedó sin aliento mientras él la miraba fijamente a los ojos para ver su reacción y ella se excitaba más. En otro momento, eso le habría parecido mal y pervertido, pero con Roman era distinto. Él hacía eso para ayudarla a que aceptara que podía sentir y reaccionar sin miedo. La sensación era increíblemente placentera e hizo que apretara los muslos y que el placer aumentara hasta que dejó escapar un gemido. Roman sonrió al oírlo.

–Me parece que te gusta...

El verbo «gustar» no describía lo que sentía. Ella solo sabía que quería más. Él lo notó y le bajó la mano por el abdomen y los muslos.

–Creo que también te gusta –susurró él.

–Sabes que me gusta –replicó ella con un hilo de voz.

Mientras ella cada vez se exploraba con más atrevimiento, él la acariciaba el trasero y se lo tomaba con la mano de una forma que hacía que ella arqueara la espalda como si pidiera más. Ya no tenía miedo, él estaba planteándole la posibilidad de que había mucho más por llegar. Su estilo relajado la tranquilizaba y le decía que no había prisa, que no había un examen al final, sino que ella tenía una capacidad infinita de sentir placer.

–¿Qué es lo que más deseas, Eva?

Ella exhaló el aire entrecortadamente y tuvo que volver a la realidad.

–No sé qué deseo, ni siquiera sé qué puedo recibir –reconoció ella con sinceridad.

–Intenta decírmelo. Rebusca en tus fantasías y dime lo que te gustaría que hiciera.

—¿No puedes hacerlo tú?

—No —susurró él abrazándola.

Estaban al lado de la cama y él tenía la barbilla apoyada suavemente en su cabeza.

—No puedes escurrir el bulto. Tienes que decirlo con todas las letras, Eva.

—¿Te gusta oírlo?

—Es posible.

—Eres despiadado, mientras yo tiemblo como un flan.

—Tiemblas de deseo —murmuró él besándole el cuello.

—Me conoces muy bien.

—Te recuerdo que puedo interpretarte.

—Tócame —susurró ella.

—Estoy tocándote, Eva.

Sí, y estaba derritiéndose, pero no era suficiente. Él lo sabía y ella sabía que había más, pero, por una vez en su vida, no encontraba las palabras.

—¿Por qué no me lo muestras si te parece más fácil? —le propuso él.

Estaba poniéndola a prueba, pero eso sí podía hacerlo y lo deseaba. Le tomó la mano y la guio, pero solo recibió un roce fugaz y frustrante de la yema de sus dedos.

—Eso no es justo.

—¿Quién lo ha dicho? —preguntó él con la voz ronca y burlona.

—Muy bien, te llevaré hasta el fondo.

—Por favor...

Ella se quedó sin respiración cuando él la tomó con toda la mano.

—Eva... ¿Sabes lo ardiente que eres, lo dispuesta y receptiva? Déjame que te dé placer...

—¿De pie?

—¿Por qué no?

Porque le parecía perverso y no sabía si las piernas la sujetarían.

—Pónmelo fácil, Eva...

El susurro apremiante de Roman le indicó lo que tenía que hacer. Separó las piernas y, de repente, se sintió tímida. Eva Skavanga tímida... En el poco tiempo que llevaba en la isla, él la había reducido a ser un cuerpo tembloroso por el deseo y con una sola cosa en la cabeza, que era el alivio a la frustración que le había provocado. Con la cabeza apoyada en su pecho, separó los labios para poder respirar, pero, aun así, él la acariciaba por todos lados menos donde lo necesitaba.

—Vas a matarme...

—Lo dudo mucho, Eva.

Ella dejó escapar un suspiro tembloroso mientras él le pasaba los dedos largos y finos por la sensible piel, pero sin llegar a ese contacto que ella anhelaba con ansia.

—Eres demasiado ansiosa, Eva. Tienes demasiada prisa por llegar al final —Roman inclinó la cabeza y la miró a los ojos—. Voy a enseñarte las ventajas de contenerte.

—No quiero...

Él se rio y la calló.

—¿Sabes lo ardiente, húmeda y dispuesta que estás? Sin embargo, si quieres algo más de mí, tendrás que decirme exactamente qué es lo que quieres.

—Todo, lo quiero todo.

—¿En concreto? —insistió él sin compasión.

Ella cambió de posición con la esperanza de que él no moviera la mano y la tocara por fin.

Él se rio ligeramente.

—Tramposa —él había previsto fácilmente lo que iba a hacer—. Yo pongo las reglas, Eva.

—Pues tócame otra vez.

Ella dejó de rogar y volvió a ser la Eva de siempre. Él levantó la barbilla.

—Es un alivio...

—¿Qué quieres decir?

—Que los rumores de que la tumultuosa Eva Skavanga se había esfumado han resultado ser exagerados.

—¿Te alegras? —preguntó ella con cautela.

—Me alegro mucho —confirmó él.

—Entonces, no sé a qué esperas.

Se quedó sin respiración cuando la tocó. El anhelo era insoportable, le palpitaba en la cabeza, en la órbita de los ojos y en los oídos. Era más fuerte que los latidos del corazón y que todo, pero seguía sin ser suficiente...

—Acaríciame, Roman. Sabes lo que necesito, no me tortures más.

Él se rio en voz baja mientras la miraba fijamente.

—Y tú sabes que lo que más me gusta es verte arder de deseo.

—Arderé si haces lo que te he pedido, pero me apagaré como pólvora mojada si no lo haces. Tú has empezado esto y tienes que terminarlo.

Él esbozó esa sonrisa provocativa que siempre despertaba oleadas de deseo en ella.

—Túmbate en la cama, Eva.

Se le cerró la garganta, se le paró el corazón, se tambaleó por el deseo y Roman tuvo que sujetarla y ayudarla a tumbarse en la cama.

—Y... esta vez... no pares —le advirtió ella con la voz entrecortada.

—Haré todo lo que pueda para ayudarte, Eva.

—¿Como un proyecto interesante?

—Como una mujer a la que quiero complacer, la única mujer a la que quiero complacer. Como a una mujer que quiero que se desmorone de placer entre mis brazos.

–Entonces, ¿disfrutas dando placer y observándolo? –preguntó ella entre las almohadas.

–Voy a disfrutar dándote placer y observándolo.

¿Hasta dónde había llegado? ¿Hasta dónde la había llevado Roman? Eso estaba deliciosamente mal, muy mal, pero quería que él observara. La besó con avidez. La agarró de la nuca con una mano y le acarició la mejilla con la otra mirándola a los ojos.

–Va a ser una noche larga, Eva.

Para ella, nunca sería lo bastante larga, pero ¿podría complacerlo sin llegar hasta el final? ¿Podría aliviar su propia frustración? El tiempo pasaba. Roman se tumbó a su lado. Ella podía decir algo o quedarse callada. Se quedó callada. Tenía miedo, pero lo único que necesitó para olvidarse del miedo fue pensar en lo que él podría hacer a continuación.

–Ven, Eva.

La mirada de Roman era firme e imperativa. Ella se acercó y él la tomó entre los brazos. Hacía que se sintiera segura y que eso le pareciera muy bien. Además, como estaba tan relajado, ella también podía relajarse. La acarició y besó para aplacar su ansiedad y estaba más que dispuesta cuando él le tomó los pezones con la boca, uno después del otro, hasta que jadeó de placer. Cuando introdujo una mano entre sus muslos, sin dejar de succionarle los pezones, ella se preguntó si podría desmayarse de placer.

–¿Quieres algo más, Eva?

–Sabes que sí.

–Entonces, tienes que decirme qué quieres.

–No... –balbució ella con frustración.

–Sí –replicó él sin compasión.

–¿Cómo puedo decírtelo cuando no lo sé?

–No voy a hacerte daño, Eva, puedes estar segura.

¿Cómo iba a pensar si el corazón le latía como una

ametralladora? Eso era natural para él, pero para ella...
Contuvo el aliento cuando él le puso una almohada debajo de las caderas.

–¿Las rodillas cerradas como un cascanueces? No es un buen principio –murmuró él con una sonrisa–. Relájate y dime cómo te sientes.

–Tímida –dijo ella mirando hacia otro lado–. Cohibida –ella apretó los labios–. Excitada y muy frustrada –reconoció ella riéndose con tensión–. Y... expuesta, pero no quiero que pares.

–Entonces, ¿confías en mí por fin?

–Eso parece...

–Bravo, Eva Skavanga –susurró él acariciándole la oreja con el aliento–. ¿Esto es en lo que estabas pensando?

–Sí...

–¿Y esto?

Él le pasó la yema de un dedo casi por donde ella lo necesitaba, pero siempre se quedaba cerca...

–Eres muy receptiva, Eva.

–Pero yo no debería...

–No deberías ¿qué? –preguntó él cuando ella miró hacia otro lado–. ¿No deberías permitirte sentir placer? ¿No deberías perder el control de la situación?

Él le quitó el diminuto tanga mientras ella pensaba la respuesta.

–No vas a necesitarlo –le explicó él cuando ella dejó escapar un grito–. Además, si yo fuera tú, no me importaría perder el control de la situación. Vas a tener que acostumbrarte.

–Si tú lo dices...

–Lo digo. Te recuerdo que yo pongo las reglas.

–Me encantan tus reglas... en este terreno solo –añadió ella inmediatamente.

Le encantaba que la abrazara mientras le separaba

los labios y la acariciaba con tanta delicadeza y destreza que estaba al borde del límite.

–Perfecto... –murmuró él.

Ella gimió del placer. Necesitaba eso con toda su alma y agradecía que Roman supiera todo lo que había que saber sobre el placer y cómo proporcionárselo a ella.

–Mírame, Eva. Sí, mírame.

–Si prometo mirarte, ¿volverás a acariciarme?

–¿Estás negociando conmigo? –preguntó él sonriéndole.

–¿Preferirías que no lo hiciera? ¿Prefieres que acepte todo y que sea dócil y apacible o que sea como soy de verdad?

–No te conocería si fueses dócil y apacible –reconoció él–, pero tengo que hacerte una pregunta.

–¿Cuál?

–¿Qué reglas crees que te darán más placer, Eva? ¿Las tuyas o las mías?

¿Las reglas de ella? Ella no sabía qué hacer para que la complaciera infinitamente. ¿Las reglas de él? Él sí lo sabía muy bien...

–Tus reglas. Al menos, por el momento.

Capítulo 10

REGLA número uno: harás exactamente lo que te diga. Regla número dos: no perderás el control hasta que yo te lo diga.

¿Reglas...? Los ojos le echaban chiribitas ante la idea de llegar al clímax. Si esas eran sus reglas, las firmaba en ese momento.

—Solo cuando yo te lo diga —repitió él como si supiera lo que estaba pensando—. Es posible que no sea tan fácil como te imaginas.

—Me arriesgaré.

Él sabía que ella estaba al límite y que no necesitaría mucho... estímulo.

—No lo pienses. Piensa en otra cosa.

—Pero ¿cómo voy a...?

—¿Contenerte? Será fácil si piensas que no volveré a acariciarte si no te contienes.

Ella asintió con la cabeza.

—Haz lo que te digo y el placer durará todo lo que quieras. Si me desobedeces, pararé inmediatamente.

—Te obedeceré solo en esto —le aclaró ella.

—Y encantada, diría yo —murmuró Roman con una sonrisa sexy—. En cuanto a lo demás, ya lo veremos —añadió él con una mirada sombría e irresistible.

Roman era el director y ella la orquesta que había elegido. El anhelo había alcanzado el punto de ebullición dentro de ella y no tenía ganas de discutir.

—Acepto tus condiciones.

–Somos adultos y todo el mundo está en la boda. Puedes ser todo lo ruidosa y desinhibida que quieras.

Ella asintió con la cabeza como si lo entendiera, pero estaba preguntándose si Roman era siempre tan... calculador, no se le ocurrió otra palabra. ¿Era incapaz de sentir? Se había imaginado que su primera experiencia sexual de verdad sería muy distinta. Se había imaginado un encuentro romántico con un hombre normal, no con un atleta sexual. ¿Era eso lo que quería?

Mientras lo pensaba, él la abrazaba levemente y su mano acabó casualmente en la cadena que llevaba al cuello. Se apartó un poco para mirarla, pero él le apartó la mano. No quería que la tocara, pero ¿por qué? ¿Tenía que saberlo todo sobre él? ¿Qué quería sacar de todo eso? ¿Acaso no era que él tenía la experiencia y que no podía ofrecerle nada más que placer? No estaba mal. ¿Acaso ella era una experta en corresponder al cariño normal de las personas? Los dos tenían límites que no querían cruzar...

–¿Todavía eres virgen?

–¿Qué?

Ella se quedó atónita por la repentina pregunta.

–Es posible que no seas virgen –siguió él pensativamente–, pero casi...

Ella se rio como si lo supiese todo sobre ese asunto.

–¿Cómo se puede ser casi virgen? Lo eres o no lo eres.

–Deberías habérmelo dicho –replicó Roman apartándose.

–¿Qué iba a decirte? –preguntó ella en tono defensivo–. Puedo imaginarme la conversación.

–¿Qué tiene de complicado decir la verdad? –insistió él con el ceño fruncido.

Ella no pudo contestar y él, al cabo de un rato, se encogió de hombros y volvió al tomarla entre los brazos.

Ella no esperó, no quería más preguntas ni explicaciones, solo quería que la acariciara. Cuando lo hizo, ella alcanzó un clímax tan ruidoso que, probablemente, la oyeron en el pueblo.

–¿Te ha gustado? –le preguntó él cuando ella se había apaciguado un poco.

–¿Tú qué crees?

–Creo que quiero más.

–Si es necesario... –susurró ella cimbreando las caderas contra su mano.

–Una vez nunca es suficiente –confirmó Roman mientras iba bajando el cuerpo.

–¿Qué haces...?

Ella no pudo hacer casi la pregunta cuando notó su lengua, sus labios y sus...

–¿Otra vez? –propuso él.

–Desde luego.

Ella jadeaba para tomar aire, pero en vez de sentirse saciada, anhelaba más. Abrió los ojos como platos cuando Roman introdujo un dedo dentro de ella.

–¿Te duele? –susurró él.

Ella necesitaba un momento para poder hablar, para acostumbrarse a esa sensación, al asombro. Roman aprovechó ese momento para estimularla con la otra mano y ella se olvidó de por qué había tenido miedo.

–¿Te gusta?

Le gustaba tanto que no quería que acabara.

–Sí...

–¿Y ahora? –preguntó él introduciendo otro dedo.

–Sí... Sí...

Ella fue ganando confianza y acostumbrándose a esa sensación nueva, pero él no dejaba de excitarla. No tenía prisa. Tenían toda la noche. Ella se olvidó de los miedos y se estrechó contra él, quien la agarró por la espalda con la mano que le quedaba libre. Entonces, notó la cicatriz. No era pequeña ni profunda, pero era un trozo de piel rugoso. Le pareció que no había podido hacérselo al caerse de un árbol cuando era pequeña ni que fuese por un accidente más grave que habría necesitado atención médica. Quizá hubiese sido una quemadura o un rasguño que habían resuelto en casa. Sin embargo, no dijo nada. No era el momento para ninguno de los dos, pero sí era otra pieza en el rompecabezas de Eva Skavanga. Quizá esa cicatriz fuese la respuesta. Eva era una mujer hermosa que no tenía experiencia ni era completamente casta. Había mantenido al mundo a raya, quizá, porque le habían hecho daño en algún momento. Fuera lo que fuese lo que había descubierto de ella esa noche, había despertado su instinto protector. ¿Era el principio de una relación? Tenía que olvidarse. Tendría que aprender a querer a largo plazo, a poner en riesgo su corazón y su orgullo, y no estaba hecho para eso.

–¿Qué haces? –exclamó ella cuando él abrió un cajón de la mesilla.

–Protegerte –contestó él rasgando el envoltorio–. ¿Te gustaría...?

Ella se quedó pálida.

–Me gustaría, ¿qué...?

–¿Te gustaría ponérmelo? –preguntó él dejándole el envoltorio en la mano.

Ella perdió algo más de confianza cuando él quitó la sábana y esperó hasta que ella se rio, aunque a él le pareció una risa forzada. Ella no quería llegar más lejos. Él dudaba mucho que hubiera llegado hasta ese punto antes. Su preocupación por ella aumentó considerablemente. Si un hombre la tomaba por lo que parecía, Eva podría acabar metiéndose en un buen lío.

–¿No sabes hacerlo? –preguntó él.

–No seas ridículo –contestó ella tapándose con la sábana–. Eres un poco arrogante, ¿no?

–¿De verdad? –él se sentó y tomó las manos de ella para que lo mirara–. Estás jugando a un juego muy peligroso, Eva.

–¿Por qué?

–Estás desnuda en la cama conmigo.

–Que yo sepa, no me has echado.

–Cuando tengo relaciones sexuales con alguien, tengo que estar seguro –él se levantó de la cama–. Puedes llamarme anticuado, pero, para mí, el sexo es un pacto que exige confianza absoluta entre dos personas.

–¿No quieres redactar un contrato antes? –preguntó ella tapándose más con la sábana.

–Es un contrato. Quizá lo sea tácito, pero sigue siendo un contrato.

–Entonces, para ti, las relaciones sexuales solo son una operación comercial más, una operación fría. ¿Lo he entendido bien?

–Sabes que no pienso eso.

–Entonces, ¿es un pasatiempo agradable con mujeres que conocen la partitura?

Él apretó los labios mientras lo pensaba.

–Con mujeres que buscan de mí lo mismo que yo busco de ellas.

–¿Te refieres a sexo sin más?

–Al placer mutuo. No sigas engañándote, Eva. No vivas una mentira...

–¿Has terminado el sermón del día?

–Tampoco seas sarcástica, no va contigo. Además, sabes que tengo razón.

–¿De verdad? –preguntó ella con una mueca de fastidio.

–No puedes basar tu vida en una mentira –como él

debería saber–. Llega un momento en el que tienes que aceptar quién eres. ¿Crees que tengo peor concepto de ti porque no tienes experiencia? Las relaciones sexuales habituales no son una especie de clasificación previa en el juego de la vida. Algunas personas permanecen vírgenes para siempre y son muy felices. Esas cosas no se pueden forzar, Eva. Si suceden, suceden. Si no suceden...

–Supongo que tú lo sabes muy bien –le interrumpió ella en tono tenso.

–Mira... ¿Por qué no cierras tu puerta con llave esta noche si así te sientes mejor? –preguntó él alejándose.

–¿Y qué me dices de tus... señales? –preguntó ella con lágrimas en los ojos.

No podía entender lo que había pasado, y él, tampoco. Lo había deseado tanto como ella, seguramente, más.

–Me besaste –siguió ella con un hilo de voz que le desgarró el corazón a él.

–Es verdad –reconoció él.

–¿Tan espantoso fue?

Él ya no pudo soportarlo más y la tomó entre los brazos.

–No fue nada espantoso.

–No he conocido a nadie como tú –replicó ella con rabia y apartándose–. Primero me dices que voy demasiado deprisa y luego, tú haces exactamente eso. ¿Cómo esperas que me aclare?

–No lo espero –confesó él con sinceridad mientras se pasaba los dedos entre el pelo–. El problema es que no solo eres una actriz muy buena, es que eres impresionante.

Ella sacudió la cabeza como si intentara entender lo que él estaba diciendo.

–Crees que me conoces, pero nos conocemos desde hace cinco minutos.

–¿Cuánto tiempo se necesita? –preguntó él sin inmutarse.

–Ah, me había olvidado. Eres más perspicaz que los demás hombres.

–Es posible –él se encogió de hombros–. En lo que se refiere a ti.

–¿Puede saberse qué significa eso?

Ella sollozó y se secó la nariz con el dorso de la mano. Ese gesto lo emocionó más que cualquier mirada seductora que ella hubiese podido dirigirle.

–Significa que me voy a la cama, Eva. Y tú, también, pero en tu dormitorio, no en el mío.

Capítulo 11

A DÓNDE vas? –preguntó ella mientras él se dirigía hacia la puerta.

Eva no era un incordio, ni siquiera era una chica con la que quería acostarse. Era un ser perdido que buscaba significado en su complejo mundo y que, desafortunadamente, había elegido a la persona equivocada para que la ayudara.

–Voy a ducharme. Te recomiendo que hagas lo mismo. Hay un cuarto de baño en el pasillo. Acuéstate, Eva. Mañana saldremos temprano.

–¿Adónde?

–A un sitio que espero que te ayude a entender lo que hago y por qué no tienes que preocuparte por la mina. ¿Sabrás encontrar tu dormitorio?

–Claro.

–Entonces, buenas noches, Eva...

Ella no se quedó tranquila y se levantó de un salto, pero, en su precipitada marcha, se enredó con las sábanas y él tuvo que volver para ayudarla.

–No me toques –le advirtió ella–. Además, yo que tú, no contaría con que mañana salgamos temprano a ningún sitio.

–Ah... Creía que estabas deseando hablar de Skavanga conmigo. ¿Ya no te importa tanto?

Ella abrió los ojos, pero también apretó los labios. Él supuso que había querido decir algo hiriente, pero que había conseguido contenerse.

–Estoy deseando hablar de Skavanga –concedió ella–. ¿A qué hora quedamos?

–A las seis de la mañana en el vestíbulo. Tengo hecho el plan de vuelo. Lleva vaqueros.

–No hace falta que me acompañes –comentó ella cuando él la siguió hacia la puerta.

–Perdóname los buenos modales. Voy a abrirte la puerta... y a cerrarla. No quiero arriesgarme a que me la cierres en las narices –él abrió la puerta de par en par–. Hasta mañana, Eva.

Le dolía muchísimo que Roman pudiese ser tan desapasionado después de lo que había pasado. Quería alegrarse porque su encuentro hubiese terminado sin que tuviera que arrepentirse de nada, pero le habían vuelto las inseguridades de siempre y se sentía catada y rechazada. Esa no era la fantasía que se había imaginado con el conde de protagonista, quien, después de escuchar su petición apasionada, había resultado que tenía un corazón de oro. Eso solo era un lío.

Habían estado fugazmente cerca y, en ese momento, le parecía que estaban más lejos que nunca. ¿Por qué había reculado? ¿Por qué no podía hacer algo que había soñado siempre? ¿Qué le pasaba? ¿Por qué era fácil ser fuerte en Skavanga y todo se desmoronaba allí? ¿Qué había pasado con todas las metas que se había puesto antes de ir allí? ¿Por qué no construía algo en vez de destruir todo lo que tocaba? ¿Por qué se preguntaba si todo habría sido distinto si Roman no hubiese sido un caballero? En sus fantasías, todo se limitaba a que la tumbara en la cama y la matara de placer, pero la realidad era mucho más compleja, sobre todo, cuando el héroe de la fantasía resultaba ser un héroe.

Apoyó la cabeza en la puerta del cuarto de baño, se

abrazó a sí misma y se dio cuenta de que estaba enamorándose de él. No habría nadie después de Roman Quisvada. ¿Cómo iba a haberlo? Sin embargo, él había dejado muy claro que no se planteaba el amor. Ni una vez le había hecho creer que su corazón sintiera algo por alguien. Para él, el sexo era como la comida y lo tomaba cuando tenía hambre. Ella sabía a qué atenerse. Cerró los ojos, sintió lástima de sí misma durante unos segundos y se recordó que había ido allí con un propósito. Además, ¿no le había dicho Roman que al día siguiente iban a ir a un sitio que le aclararía las cosas y que tenía que ver con la mina? Debería darle las gracias por haber acabado con esa farsa. La había obligado a concentrarse otra vez en lo único que importaba, en Skavanga. Entonces, ¿por qué se sentía tan vacía? Porque sabía que Roman era mucho más de lo que se había imaginado. Se había enamorado del héroe de una fantasía, pero Roman Quisvada era muy real.

Se metió en la bañera, pero él seguía en su cabeza y no tenía nada que ver con su cuerpo increíble ni con el magnetismo sexual que irradiaba. Era él. Roman, aparte de su riqueza y sus atractivos más evidentes, era especial. Ella, en cambio, era demasiado tímida, inexperta y torpe como para poder esperar captar su atención. Él hacía que viese las cosas de forma distinta. Hacía que quisiera volver corriendo a casa para abrazar a sus hermanas y decirles que no tenían que volver a discutir, que ella no tenía que discutir con ellas nunca más. Él hacía que se diese cuenta de que algunas veces era preferible pensar las cosas antes de precipitarse con su habitual obstinación. Sin embargo, ella no era la única que tenía secretos. Roman tenía los suyos. Quería conocerlo mejor y conocer sus secretos. Pensó tanto en él que el agua se quedó fría. ¿Había alguna posibilidad de que él volviese con ella esa noche? Siempre había una posibilidad.

No oyó ruidos en el *palazzo* cuando fue descalza a su dormitorio, que parecía muy romántico a la luz de la luna. Aunque iba a desperdiciarse con ella sola. Apretó los dientes. Roman había prometido que al día siguiente hablarían. Tenía que verlo de esa manera y habría cumplido su misión. Sin embargo, después volvería a su casa y nada cambiaría. La idea de convertirse en una vieja gruñona no le apetecía gran cosa. No tenía por qué pasar eso. Fue hasta la puerta y la abrió un poco. No era una insinuación, podría haberse quedado abierta sin querer, pero si Roman la veía y entraba... Se metió en la cama, cerró los ojos y contuvo la respiración. Se quedó escuchando durante lo que le parecieron horas. Incluso, oyó una puerta que se abría a lo lejos y que volvía a cerrarse, pero el silencio pareció burlarse de ella. Roman no iba a visitarla esa noche, ni ninguna otra, y era una necia por pensar que quizá lo hiciera.

Dio mil vueltas intentando conciliar el sueño y, cuando se despertó, se sorprendió por haber dormido algo. No tenía tiempo para desayunar, solo para una ducha rápida, y salió al pasillo justo cuando Roman aparecía por la puerta.

—¿Preparada?

Ella tardó en contestar, tardó en reponerse de la impresión de verlo otra vez.

—¿Adónde vamos?

—A abrirle la mente, *signorina* Skavanga.

—Parece interesante...

Si no hubiese salido corriendo, él se habría marchado. Estaban juntos otra vez y no pudo evitar cierta emoción porque, en ese momento, se conformaba con eso. Cruzaron los jardines con rosales y un césped primorosamente cortado hasta que llegaron a un helicóptero que estaba vacío. Eso significaba que Roman era el piloto, claro.

–Baja la cabeza –le advirtió él cuando se acercaron a las aspas.

Abrió la puerta y le hizo un gesto para que subiera. Una vez sentada, le entregó unos auriculares.

–Póntelos. Te ayudaré a ponerte el arnés de seguridad.

Ella se preparó para que sus manos rozaran su cuerpo. Era importante que se comportara como si no hubiese pasado nada entre ellos, como si no la hubiese visto desnuda, como si no la hubiese llevado hasta la puerta del paraíso para cerrársela con un portazo.

–¿Pasa algo, Eva? –le preguntó él apartándose un poco.

¿Los portazos eran algo recurrente entre ellos? Ella disimuló una sonrisa. Todo iba muy deprisa.

–No me esperaba esto –contestó ella.

–El transbordador es muy lento para lo que tengo pensado –le explicó él.

Olía increíblemente bien y estaba más guapo todavía. Dudaba mucho que hubiese tomado el transbordador alguna vez y también dudaba mucho que ella pudiera sobrevivir en un espacio tan cerrado. Él cerró la puerta y eso le dio unos segundos de soledad para ordenar las ideas. Imposible. Nunca habría tiempo suficiente si él estaba cerca. Hasta el aire pareció vibrar cuando él se sentó a su lado. Le excitaba hasta ver cómo se ponía el arnés y los auriculares y hablaba en italiano con la torre de control. Su naturalidad para preparar el despegue era ridículamente sexy. Sus brazos, bronceados y cubiertos por la cantidad justa de pelos negros, eran sexys. Sus manos y sus muñecas le llevaban recuerdos rematadamente sexys y su impecable camisa de manga corta metida en unos vaqueros con un cinturón de cuero solo conseguían que se acordara del cuerpo que había debajo de ellos... y le tentaban a mirar más abajo...

–¿Estás cómoda, Eva?

Dio un respingo al oír la voz metálica que le llegó por los auriculares, pero levantó la cabeza justo a tiempo.

–Estoy bien, gracias.

Él volvió a las comprobaciones previas al vuelo. Su perfil implacable, con la barba incipiente de costumbre, era increíblemente sexy. Roman Quisvada era el hombre más irresistible que había conocido y tenía que hacer un esfuerzo para no mirarlo más, para mirar al frente.

Antes de que se diera cuenta, el suelo estaba alejándose por el panel aterradoramente transparente que tenía bajo los pies. La isla se convirtió en una alfombra verde, naranja, marrón y azul.

–¿Me oyes bien? –le preguntó Roman.

Ella se sintió aliviada otra vez al verlo al mando de la situación.

–Perfectamente, gracias.

–¿Estás nerviosa?

¿En qué sentido...?

–Ni lo más mínimo –contestó ella.

–Perfecto. El vuelo durará como una hora.

–¿Vas a decirme por fin a dónde vamos?

–A una de mis instalaciones. Y no hace falta que grites. Yo también te oigo perfectamente.

–Creía que tu trabajo era tallar y pulir diamantes.

–Lo es.

–Entonces, ¿ahí es adonde vamos?

Él no contestó y empezó a hablar con alguien que estaba conectado a la radio. Ella se quedó en silencio e impotente por la falta de información. Roman siempre se las apañaba para ir un paso por delante de ella y eso era algo que tenía que cambiar. Una oleada abrasadora se adueñó de ella cuando él terminó la conversación y volvió a mirarla.

—Voy a enseñarte todo lo que sé, Eva.

¿Sobre diamantes? Su tono era sospechosamente burlón incluso a través de los auriculares. Esperaba que no se refiriera a su torpeza durante la clase magistral de la noche anterior...

—Los diamantes sirven para más cosas que para comprar a una mujer o arruinar a un hombre.

—Es un punto de vista muy escéptico de la vida.

—Es posible que tenga un punto de vista muy escéptico de la vida, Eva.

Era posible... Ella dejó de soñar y volvió a la realidad cuando el azul del mar dejó paso a una tierra cuidadosamente cultivada y de color ocre. Pasó un tiempo antes de que empezaran a aparecer carreteras y pequeños pueblos y hasta que sobrevolaron lo que le pareció un parque industrial muy nuevo.

—Bienvenida a Industrias Quisvada, Eva —comentó él mientras empezaba a descender.

Aterrizaron justo encima de la cruz amarilla que había entre unos edificios blancos.

—Aquí tallamos y pulimos los diamantes —él apagó los motores y le hizo un gesto para que se quitara los auriculares—. También hacemos otras cosas que, probablemente, no te esperas.

Diamantes, siempre diamantes. La cabeza le dio vueltas con impaciencia. ¿Nunca se libraría de ellos? ¿Por qué los diamantes eran tan importantes para todo el mundo menos para ella? Efectivamente, quería que la mina sobreviviera, pero no podía evitar que también quisiera que se pudiera salvar Skavanga por otros medios. ¿No se daba cuenta Roman de que estaba ansiosa de hablar con él? Le agradecía que le dedicara ese tiempo para enseñarle su empresa, pero lo que quería era que avanzaran, que hablaran y que pudiera volver a su casa. Su capacidad para soportar el tormento era limitada y ya había llegado a ese límite. Estar cerca de él era insufrible.

–Ya lo sé todo sobre los diamantes –replicó ella quitándose los auriculares con rabia.

–No –replicó él bajándose las gafas de sol–. Solo crees que lo sabes.

Él volvió a tener razón. La visita a las instalaciones fue una revelación. Todo el mundo había oído hablar de los diamantes para uso industrial, pero ella no sabía que su demanda era mucho mayor que la demanda de diamantes para joyería.

–Aunque el uso de diamantes sintéticos está avanzando –le explicó Roman.

Y él también estaba en cabeza, se dio cuenta ella mientras la llevaba por otro edificio blanco y aséptico.

–Tengo que reconocer que no sabía que los diamantes industriales se utilizaran tanto en medicina –ella se detuvo y siguió hablando con cuidado cuando él se llevó una mano a la cadena de oro y ella tuvo la sensación de que ese asunto le interesaba especialmente–. Sabía que el polvo de diamante se usaba para cubrir algunos instrumentos médicos, pero no sabía que se empleaba para detectar células aberrantes.

–La lista es mucho más larga –confirmó él.

Ella se había quedado maravillada por la obsesión de Roman en la aplicación médica del polvo de diamante, como le había explicado uno de los técnicos que trabajaban en ese departamento.

–Nuestro jefe es uno de los mayores promotores de la investigación médica en el mundo –le había explicado el técnico con orgullo–. Sin él, no habría progreso.

–Quizá fuese algo más lento, Marco –matizó Roman poniendo una mano en el hombro de ese hombre–, aunque agradezco la confianza que tienes en mí. Sin embargo, sí puedo decirte, Eva, que nada se habría logrado sin personas como Marco.

Las sorpresas siguieron cuando la llevó a almorzar. Eligió un chiringuito barato en la playa en vez de un restaurante por todo lo alto. Ella lo prefería, pensó mientras se quitaba los zapatos con los pies. Podría relajarse y quizá pudiera olvidarse de quién era durante un par de horas, quizá pudiera olvidarse de quién era Roman y de los papeles que tenían los dos en la vida. Podría olvidarse de que estaba almorzando con un multimillonario que la había llevado allí en su helicóptero.

−¿Te parece bien? −le preguntó él cuando el camarero les propuso el pescado del día.

−Perfecto −contestó ella dejándose caer en el respaldo de la silla de enea−. Es el paraíso.

Después de los altibajos de los días anteriores, estar sentada allí con los pies en la arena, con Roman al lado y arrullados por el susurro del mar era el paraíso.

−¿Te he convencido? −le preguntó él lentamente.

−Ahora entiendo la necesidad de esos diamantes y es mayor de lo que me había imaginado...

−¿Pero?

Ella esperó a que el camarero hubiese servido las bebidas.

−Supongo que tu interés por las aplicaciones médicas me fascina. Pareces...

−¿Inusitadamente apasionado? −terminó él−. Eso es porque lo soy.

−No me sorprendió tu pasión, sino hacia dónde la diriges. ¿Hay algún motivo concreto? −preguntó ella con cautela−. ¿Algún motivo personal quizá?

Él se encogió de hombros, se bebió el vaso de agua y se sirvió otro.

−Sí.

Ella esperó, pero llegó la comida y los dos se distrajeron un rato. Volvió a intentarlo cuando todo se asentó.

–¿Y bien...?

–Come, Eva. Se enfriará la comida y parece deliciosa.

–Es verdad –reconoció ella aunque no tomó ni el tenedor ni el cuchillo.

–Muy bien... –él extendió la servilleta de ella y se la puso sobre las rodillas–. Si no comes, te daré de comer. Estás avisada.

–No. En serio, cuéntamelo, por favor. Para empezar, la cadena de oro... Sé que significa mucho para ti. ¿Por qué la llevas?

Los ojos de él dejaron escapar un destello y ella supo que había ido demasiado lejos y demasiado pronto. Deseó poder retirar las palabras, pero Roman se repuso enseguida.

–Era de mi madre. Enfermó y se murió –comentó él lacónica y desapasionadamente–. Solo intento hacer algo bueno, Eva. Todos tenemos que hacer lo que podemos, aunque sea demasiado tarde. Ya lo sabes. ¿Te importa si ahora comemos?

–Lo siento. No quería ser fisgona. Es que no sé casi nada de ti, aparte de lo que leo en los periódicos.

–Y suelen ser mentiras y exageraciones.

Ella se encogió de hombros y sonrió fugazmente cuando se miraron un momento a los ojos.

–No podía saberlo, ¿no?

Roman se quedó un rato en silencio antes de hablar.

–Mi madre adoptiva murió... y mi madre biológica, también... de la misma enfermedad.

–El destino puede llegar a ser muy despiadado –comentó ella con delicadeza y valorando la confianza de él.

–Todavía sigo sin poder creérmelo –dijo él quedándose pensativo.

–Fue una coincidencia espantosa.

–Sigo culpándome a mí mismo –reconoció él con la mirada perdida en el mar.

–No puedes culparte por su enfermedad.

–Me culpo del estrés que pudo provocarla. Me crie como un hijo anhelado y mis padres adoptivos me alababan sin parar, pero el día que cumplí catorce años me enteré de la verdad y solo quise que mi familia biológica me aceptara. Sin embargo, cuando la encontré, me cerraron la puerta en las narices.

–¿Era demasiado tarde y tu madre había muerto?

Roman esbozó una sonrisa amarga.

–Fue peor. Era el día de su entierro y lo que su familia menos esperaba era que su hijo de catorce años recién cumplidos se presentara de improviso. Había tenido más hijos y mi aparición fue excesiva para ellos. Me dijeron a la cara que no pintaba nada allí.

–Y tú creíste que no tenías raíces.

–Mis padres adoptivos volvieron a recibirme sin preguntas y con los brazos abiertos.

–Pero eso estuvo bien, ¿no?

–Solo me habían dado amor, ¿y cómo se lo pagué? –preguntó él con una mirada sombría–. Siendo cada vez más frío y menos sentimental.

–Pero eras muy joven y tenías que estar dominado por la rabia y el desconcierto.

–Y ya es demasiado tarde.

–Nunca es demasiado tarde –susurró ella.

–Solo quería que se sintieran orgullosos.

–¿Y no crees que lo conseguiste?

–Debería haberlos amado más y haber conseguido que se sintiesen orgullosos de mí. Mi madre adoptiva cayó enferma y yo ni me enteré de lo obsesionado que estaba conmigo mismo.

–Como casi todos los adolescentes –replicó ella con

el corazón dolorido–. Nunca te has perdonado aunque tú también tuviste que sufrir. Fue una conmoción para ti y los adolescentes no llevan bien las alteraciones emocionales...

–Y tú lo sabes muy bien, claro –le espetó él con rabia por su intrusión en su mundo más oculto.

–Pues sí. Te recuerdo que tengo un hermano, Tyr. Todavía me acuerdo de él gritando a todo el mundo porque era la única manera que tenía de dar salida a sus sentimientos.

–Y así aprendiste a gritar –comentó él en un tono menos sombrío.

Entonces, todo cambió entre ellos. Sintieron una comprensión que no habían sentido antes.

–Sin embargo, mi personalidad no se parece nada a la de Tyr. Yo, como la mayoría de las hermanas, le culpo de muchas cosas, pero no de eso.

–Y tú has acabado siendo como eres.

–No sé qué quieres decir –replicó ella en un tono algo amenazante.

–Yo creo que sí lo sabes, Eva.

Eso era excesivo. Demasiado sentimiento, demasiado conocimiento de lo que la motivaba. Prefirió no mirar los penetrantes ojos de Roman y se quedó mirando al mar. Si Tyr se hubiese quedado en vez de seguir sus ansias de conocer mundo, quizá todo hubiese sido distinto, pero ella, como Roman, no podía volver al pasado, ni quería. Las cosas eran como eran, ella era como era y, por primera vez en su vida, estando allí al lado de Roman, no le parecía tan mal.

Capítulo 12

EL SE levantó y le tendió la mano a Eva. Ella dudó, pero acabó sonriendo y tomándosela. Fueron a la barra a pagar y Roman frunció el ceño cuando le pareció que el guapo camarero miraba demasiado a Eva mientras sonreía y tomaba el dinero. Sin embargo, ¿quién podía reprochárselo? Eva estaba un poco despeinada por la brisa y el sol había sonrojado levemente su piel. Estaba muy hermosa y deseable, aunque vulnerable. Vulnerable pero fuerte. Quizá fuese tan fuerte como él, pero también era sensible y tierna. Él no le había contado a nadie la historia de la cadena ni su pasado. Solo lo sabían los otros dos hombres del consorcio y se conocían desde el colegio. Aunque no la conocía casi, confiaba en Eva y era como un diamante en un mundo sombrío. Era todo lo que había soñado de adolescente y no había encontrado de adulto.

—¿Adónde me llevas ahora? —preguntó ella mientras se dirigían hacia el helicóptero.

—Depende de que estés dispuesta a firmar una tregua o no —contestó él con una sonrisa y preguntándose si alguna vez había estado tan relajado con una mujer—. Creo que estás en deuda conmigo por haberte traído de excursión.

Ella lo miró a los ojos y sonrió.

—No sé si voy a poder corresponder, Roman. No tengo helicóptero ni unas instalaciones de millones de libras para impresionarte.

–¿Qué te parece un viaje de vuelta a Skavanga?

–¿Lo dices en serio? –preguntó ella con una expresión conmovedora.

–Nunca he dicho nada más en serio.

–Entonces, es una cita –comentó ella con una sonrisa resplandeciente.

No había muchas mujeres que pudieran convencerlo de que cambiara los planes. Eva podía porque quería complacerla. Sin embargo, no sabía si podría cambiar su forma de ser y que aprendiera a sentir. Por eso, por Eva, había pensado en hacer algo que retrasaría el viaje a Skavanga y que podría gustarle a ella.

–Vamos a ir a otro sitio antes.

–¿Adónde? –preguntó ella cuando llegaron al helicóptero.

–Sube y te lo diré.

–Roman... –dijo ella mientras él le ponía el arnés de seguridad.

–Casi –él sonrió mientras le colocaba los auriculares en la cabeza–. Vamos a Roma.

Ella lo miró. Él se encogió de hombros y retrocedió para cerrar la puerta.

–Explícamelo –le pidió ella en cuanto despegaron.

–Tengo un piso en Roma.

–Qué raro... –comentó ella suspirando con resignación.

–Está en el centro y creo que te gustará.

–Pero toda mi ropa está en el *palazzo*.

–Entonces, compraremos más ropa.

–La vida es muy sencilla para ti –replicó ella con fastidio–. Ni hablar. No me comprarás más ropa. ¿Quién te crees que soy?

–Una pequeña accionista de la empresa minera en la que he invertido. Considéralo un anticipo del próximo dividendo.

Ella se quedó en silencio... unos diez segundos.

–Pareces muy seguro...

–Soy un hombre muy seguro de mí mismo, *signorina* Skavanga.

–Ya me había dado cuenta –murmuró ella en voz baja.

Aquello era impresionante, pensó Eva mientras Roman la acompañaba por el patio de uno de los edificios más suntuosos de Roma. Llamarlo «un piso» no le hacía justicia. Si había algo que había aprendido de los multimillonarios, aunque solo conocía uno, era que siempre se quedaban cortos, y que las distancias no significaban nada para ellos. Además, los hoteles eran innecesarios. Parecía como si Roman tuviera una residencia en cada sitio del mundo donde merecía la pena estar, y Roma lo era. Roman le había ido indicando todos los monumentos mientras los llevaban desde el aeropuerto a la ciudad y era asombroso ver cómo coexistían con construcciones muy modernas. El Coliseo era mucho mayor y más imponente de lo que se había imaginado y la Ciudad del Vaticano, con su arquitectura barroca, era pasmosa. Roman le había pedido al conductor que se detuviera en la Fontana di Trevi.

–Es magnífica...

–Tendrás que volver algún día.

Ella se había quedado boquiabierta, como la paleta que era, y él le había dado una moneda. Cuando le preguntó por qué se la daba, él le dijo que, si la tiraba al agua por encima del hombro, volvería algún día. Ella se rio, pero la tiró y, cuando la oyó caer al agua, pensó en todos los deseos que se acumulaban. ¿Se había cumplido alguno?

–Eva...

–Perdona.

Volvió a la realidad y se dio cuenta de que Roman estaba esperándola al otro lado del patio.

–La seguridad es para el presidente de Italia, no para mí –le explicó él en voz baja cuando ella miró a los guardaespaldas con trajes oscuros y gafas de sol–. Vivimos en el mismo edificio.

–Como no podía ser menos –comentó ella–. En serio –añadió ella en broma y con la frase que empezaba a ser un latiguillo entre ellos–, te creo.

Los dos se rieron.

–¿Te gustaría salir a cenar esta noche? –le preguntó él mientras entraban por la preciosa puerta antigua.

Ella miró al mayordomo que había aparecido como caído del cielo para abrirles la puerta y que luego había desaparecido como por arte de magia.

–Eva...

–Perdona –ella sacudió la cabeza como si quisiera asimilar todas las sorpresas–. Estaba pensando en otra cosa.

–Estaba diciendo... ¿prefieres quedarte?

–¡No, salir! –contestó ella precipitadamente.

Ella se sonrojó al darse cuenta de lo ingenua que tenía que parecerle a él, pero estaba deseando ver algo de la ciudad. Además, después del desastre en el dormitorio, quedarse le parecía mucho más arriesgado.

–Muy bien. Nos reuniremos dentro de una hora –él miró su reloj–. Si me necesitas, puedes llamarme por el interfono. Mi número es el uno.

–¿En serio? –él la miró con los ojos entrecerrados–. Al menos, es fácil de recordar.

Una doncella con uniforme oscuro sustituyó a Roman y acompañó a Eva a sus fabulosos aposentos. Los techos eran altos, los muebles, elegantes y las paredes estaban enteladas con seda rosa. Todos los detalles arquitectónicos se habían reformado con respeto y destreza. Hasta el aire parecía tener un aroma especial. Pasó la yema de un dedo por una mesa dorada con un florero color turquesa lleno de rosas blancas y espigas de lavanda. El olor era indescriptible. Podía desdeñar todo lo que quisiera tanta opulencia, pero el dinero de Roman podía salvar Skavanga, como le había permitido restaurar ese edificio histórico. Quizá tuviera que replantearse un poco sus creencias. Empezaba a preguntarse si algunas de sus campañas no habrían sido una válvula de escape para sus inseguridades y una forma de consumir parte de su energía sexual frustrada.

Una vez examinado hasta el último centímetro de la sala que daba a una de las plazas más bonitas de Roma, del espléndido dormitorio, del cuarto de baño y del vestidor, se quitó los zapatos y se tumbó en la inmensa cama. Sin embargo, tenía que arreglarse para salir a conocer Roma. Conocer Roma con Roman... Se dio un baño en el cuarto de baño donde la tecnología más avanzaba se mezclaba con columnas de mármol y vidrieras. Podría haberse quedado toda la noche, pero oyó que llamaban a la puerta. Evidentemente, no era Roman. Su forma de golpear la puerta era inconfundible y esa vez habían llamado con delicadeza. Se puso un albornoz, se recogió el pelo con una toalla y abrió la puerta. El rellano estaba vacío, pero, cuando volvió a entrar en la habitación, vio un perchero con la ropa más increíble y una hilera de bolsas de, probablemente, todas las tiendas más exclusivas de Roma. Cerró la puerta, miró en las bolsas y encontró bolsos, ropa interior, zapatos, pañuelos y...

–Roman Quisvada, ven aquí inmediatamente –le ordenó ella por el interfono–. No voy a aceptar una negativa. ¿Cómo has adivinado que no iba a aceptar tu esplendidez? ¿No me conoces todavía? Si quieres sacarme a cenar, tendrás que hacerlo como he venido.

–¿Estás segura? –preguntó él en tono indolente.

–Tú...

Dejó escapar un gruñido cuando el auricular se quedó en silencio. Al parecer, Roman se dirigía hacia allí para «ayudarla a elegir algo que ponerse».

La excitación lo atenazó por dentro mientras se acercaba a los aposentos de Eva. Era inútil que se dijera que eso estaba mal, que ella era como un bebé y él, no. Quizá fuese un bebé muy peleón, pero, en cualquier caso, un bebé inocente. Entonces, ¿por qué subía los escalones de dos en dos? Llamó a la puerta y ella la abrió de par en par.

–¿Pasa algo? –preguntó él mientras entraba.

–Esto –contestó ella señalando el perchero–. ¿Es un anticipo de mis dividendos? ¿Sabes lo pequeña que es mi inversión en la mina? No podré devolvértelo jamás.

–Entonces, no te los quedes todos. Elige uno.

–Tardaría una década en pagar uno solo de estos vestidos. Además, ¿qué tiene de malo lo que llevo puesto? –preguntó ella señalándose los vaqueros–. ¿Te avergüenza que te vean conmigo?

–En absoluto. No sé por qué piensas eso. Solo he creído que te gustaría elegir algo de ropa.

Tenía razón, le gustaría y mucho. ¿Siempre tenía que reprocharle cada detalle que tenía?

–Es que me siento incómoda –reconoció ella–. No estoy acostumbrada a estas cosas. Ha sido muy considerado por tu parte, pero es excesivo.

–Solo quiero ahorrar tiempo. Te aconsejo que dejes de hablar y que empieces a vestirte o perderemos la mesa.

–Me parece poco probable y... –replicó ella pensando en quién había hecho la reserva.

–Una cosa, Eva –le interrumpió él–. Si te preocupa devolverme el precio de la ropa, ¿por qué no vienes a trabajar conmigo?

La bomba le cayó del cielo y ella no estaba preparada. Él se encogió de hombros y entró más en el cuarto.

–Ven a trabajar conmigo –repitió él como si fuese la solución más evidente–. Tú no quieres ser una gorrona y yo no intento comprarte. Págatelo, me parece bien. Mark, mi ayudante, consiguió tu currículum y lo he leído. Tus títulos son tan buenos como los de Britt, ¿por qué no los has utilizado nunca? ¿Qué te pasa, Eva? ¿De qué tienes miedo?

–No tengo miedo de nada –replicó ella sonrojándose y dándose la vuelta. Aunque la curiosidad pudo con ella–. ¿Qué empleo sería?

–Veamos –murmuró Roman repasando los vestidos del perchero–. Creo que este. ¿Qué te parece? –sacó un vestido azul marino elegantísimo–. Creo que el color va maravillosamente con tu pelo.

–No has contestado a mi pregunta.

–Tengo algunas ideas y eso es todo lo que necesitas saber por el momento. Pruébatelo. Podemos hablar de trabajo durante la cena.

–Tú hablarás y yo escucharé, supongo.

–Los dos hablaremos y escucharemos –replicó él mirándola a los ojos–. Creía que querías trabajar por la mina.

–Naturalmente, escucharé lo que tengas que decir.

Por una vez, quiso parecer receptiva en vez de beligerante. No se atrevía a esperar que esa noche sus deseos pudieran cumplirse.

Roman había juzgado la cena a la perfección. Tenía el don de elegir el sitio acorde el estado de ánimo y ha-

bía elegido un restaurante acogedor donde era imposible no estar relajada. La decoración, en tonos rojos y
dorados, era algo anticuada y raída, pero eso le daba en-
canto. El propietario saludó a Roman como si llevase
años yendo a comer allí y daba la sensación de que el
restaurante era de la misma familia desde hacía gene-
raciones. La luz era tenue y un cantante de jazz inter-
pretaba canciones melancólicas al piano. Se sentaron a
una mesa en un rincón especialmente íntimo.

–Ya no podía comer nada más –aseguró ella cuando
el camarero les llevó el café.

La comida había sido deliciosa, pero era difícil concentrarse en otra cosa que no fuese en que estaban sen-
tados uno enfrente del otro y con las rodillas casi tocán-
dose.

–Estás muy guapa, Eva. Me alegro de que aceptases
el vestido.

Ella, casi sin darse cuenta, se alisó la falda. Nunca
había tenido algo tan elegante. Vivía con vaqueros o
pantalones térmicos y ese vestido era un cambio radical
de estilo. Se alegró de que él no se hubiese jactado de
que hubiese dado su brazo a torcer.

–Estás frunciendo el ceño otra vez.

–Estoy pensando en el empleo del que hablaste –reconoció ella–. ¿Lo dices en serio?

–Completamente. Estás titulada en gestión del suelo
y especializada en zonas polares, ¿por qué no lo has
aprovechado?

–Tenía compromisos familiares... y no quiero hablar
de eso ahora.

–Entonces, ¿yo hablo y tú no? Creo que no es justo.

–Ha sido idea tuya, tengas un empleo para mí o no.

–Piensa cómo suena eso a un posible empleador –replicó él mirándola con preocupación–. Relájate, Eva.
No es un examen. Es una oferta de trabajo en serio. Es

posible que el consorcio necesite tu conocimiento de la zona. ¿Lo has pensado?

Ella sintió un nudo en el estómago al darse cuenta de que estaba volviendo a su estilo combativo y que intentaba destruir algo antes de haberle dado una oportunidad. ¿También iba a tirar por la borda eso?

—Perdona, es que estoy...

—¿Desconcertada por entrar en un mundo nuevo de posibilidades? Lo sé. Sé que necesitas tiempo, pero no hay tiempo, Eva. Los dos sabemos que la mina está en un momento clave y estoy dispuesto a que sobreviva, quieras participar en el proyecto o no.

—¿Puedes decirme algo del empleo?

—Quiero que trabajes conmigo.

—¿Que trabaje contigo? ¿Haciendo qué? —se había imaginado un trabajo de oficina y bajo en la jerarquía—. No sé nada de pulir diamantes.

—Afortunadamente, puedo contratar a muchos especialistas que sí lo saben. No hablo de eso. No me limito saquear minas, Eva. Recompongo la tierra y la mejoro si es posible. Ahí es donde tú entras. Eres la persona más preparada para ofrecernos conocimiento de la zona.

—¿De verdad lo dices en serio? —preguntó ella sin salir de su asombro.

—Completamente. Trabaja conmigo para recomponer la tierra cuando la perforación haya hecho el pozo principal. También me gustaría plantearme la posibilidad de crear un museo de la minería para todos esos ecoturistas que tanto quieres atraer.

El corazón le dio dos saltos mortales. Era un sueño hecho realidad, pero con un inconveniente. ¿Podría trabajar con él? ¿Podría verlo todos los días y no desearlo? ¿Podría verlo mientras él seguía con su vida, se casaba y tenía hijos? ¿Podría hacer todo eso por Skavanga? Tenía que hacerlo. Se quedó callada y pensativa mientras Roman pagaba la factura.

–Vámonos –murmuró Roman sobresaltándola–. Puedes decidirlo por el camino.

–¿Sobre el empleo? No me das mucho tiempo.

–¿De qué iba a estar hablando si no?

Ella captó el brillo malicioso de sus ojos y su cuerpo reaccionó como era de esperar.

Capítulo 13

HACÍA una de esas noches cálidas y aterciopeladas en las que habría sido pecado sentarse en una limusina. Quería pasear por esa ciudad que amaba y compartirlo con Eva. Quería alargar la noche y eso era algo excepcional en él. Le importaba lo que ella pensara de su ciudad. La miró y se acordó de sí mismo cuando era un niño y Roma lo asombró. No siempre había sido tan sofisticado como ella creía. Se había criado en una isla diminuta y asilvestrada, pero amasó su primera fortuna allí, cuando aprovechó su título nobiliario para entrar en una de las joyerías más importantes. Aquella fue la primera vez que conoció un mundo que tenía un concepto muy elevado de los títulos, aunque él sabía por su padre biológico que un título no decía gran cosa sobre la calidad de una persona. No se había enorgullecido de aprovechar ese título, aunque lo había llevado a donde quería ir y era lo mínimo que le debía el hombre que lo había vendido a un capo de la mafia.

—Me encanta esta ciudad —comentó Eva mientras pasaban junto al Coliseo—. No puede haber ningún sitio igual en el mundo.

Se sentía cómodo en compañía de Eva y no estaba acostumbrado. La mayoría de las mujeres tenía prisa por meterse en su cama o por gastarse su dinero, pero ella era distinta. Era como una planta que había estado enterrada bajo el hielo polar y que estaba empezando a brotar un poco hacia el sol. Sí, la deseaba, y no, no solía ser tan romántico con las mujeres. Siempre había dejado muy claro que entre sus planes no estaba el amor, y mucho menos el matrimonio, claro. Había visto a dónde llevaba el amor y no le había gustado. Había preferido hacer un pacto sincero donde cada parte conseguía lo que quería del otro y siempre había sido suficiente.

–Bueno, ya hemos llegado –dijo Eva cuando llegaron a la casa.

Le pareció que estaba un poco nerviosa y él estaba impaciente.

–¿Qué haces? –preguntó ella cuando él la agarró en cuanto cerró la puerta–. ¿Dónde está el mayordomo? –añadió con nerviosismo y mirando alrededor.

–Solo a ti te preocupa el mayordomo en un momento como este –él se rio–. Te traeré algo de beber si quieres.

–No quiero beber nada.

Ella estaba sonrojada y con la respiración entrecortada. Estaba perfecta.

–Creo que me gusta más esta Eva nueva y tímida...

–¿En vez de la gruñona de antes? –le interrumpió ella con una sonrisa cautelosa–. Que hayamos tenido una cena agradable no te da derecho a insultarme.

–Pero sí me da derecho a besarte.

–¿Quién ha dicho eso? –preguntó ella con el ceño fruncido.

–Yo lo he dicho. Además, no te preocupes, puedes ser todo lo desinhibida que quieras. He dado la noche libre a todos los empleados –añadió él con ironía.

Ella entrecerró los ojos como si quisiera llamarlo arrogante.

–Ya he oído eso antes.

–Y, que yo recuerde, el resultado no te disgustó.

–Ah... –murmuró ella cuando él le rozó los labios con los suyos.

–¿Entramos y seguimos en un sitio más cómodo? –propuso él.

–Sí, ¿por qué no?

Le bulleron todos los sentidos. Eva, en cuestión de segundos, pasaba de ser una chica inocente a ser una mujer como no había conocido otra. Solo sabía una cosa con certeza, la deseaba y esa vez no iba a negarse. Profundizó el beso y ella se ablandó. La tenía estrechada contra la erección. Ella se movió un poco, hasta que ganó confianza y se cimbreó para deleitarse. Él introdujo los dedos entre su pelo sedoso e indomable, la tomó en brazos y la llevó al dormitorio. Ella se quedó boquiabierta cuando vio la cama que estaba enfrente de un ventanal desde donde se veían las luces de la ciudad.

–Nada de lecciones de historia en este momento –le avisó él mientras la dejaba en la cama.

–Espero que vayas a acompañarme...

–No tengo nada mejor que hacer.

Ella se rio y extendió los brazos hacia él.

–¿Alguna vez eliminaré ese gen arrogante de tu ser?

–Lo dudo –contestó él empezando a bajarle la cremallera.

Ella se quitó los zapatos con los pies, le quitó la chaqueta de los hombros y le desabotonó la camisa. Cuando se dio la vuelta, después de haberla dejado en una silla, ella ya se había quitado el vestido. Se acercó a la cama y ella le soltó el cinturón y se lo quitó de las hebillas. Cuando fue a desabotonarle el botón que había encima de la cremallera, él fue a hacer lo mismo y las manos se tocaron. Se rieron y dejó que fuese ella quien le bajara los pantalones. Una vez en calzoncillos, se quedó mirando a la mujer que estaba en su cama y se preguntó cómo podía tener tanta suerte.

–¿Estamos demasiado vestidos? –preguntó ella mirándolo con un dedo debajo de la barbilla.

–Tú, desde luego –contestó él mirándole el sujetador y las bragas.

–Tú, no –comentó ella con los dedos dentro de la cinturilla de los calzoncillos–. ¿Tienes algo en la mesilla que pueda corregir esa situación?

–Es posible.

Él se sentó en el borde de la cama y le acarició el pelo. No quería apresurarse en un momento como ese. Los rizos color caoba le enmarcaban el rostro y una cascada pelirroja caía sobre la almohada blanca. Era como un sueño y él no se había convertido en un romántico; era verdad.

Lo deseaba tanto y eso le parecía tan bien que todos los miedos se disiparon. Todos los encuentros previos y desastrosos quedaron en el olvido. Ella había cambiado y él, también. Le había hablado de él y ya sabía que no era solo un guerrero en los negocios y un animal sexual irresistible, era un hombre como los demás, con dilemas y defectos que hacían que fuese perfecto. Se sentía unida a él como no se había sentido con nadie más, pero necesitaba estar más unida, anhelaba ser una con él. No era un capricho ni la necesidad de demostrarse que podía superar los miedos ni poder tener el recuerdo de haber pasado una noche con un hombre increíble. Sus sentimientos eran mucho más profundos. No podía definirlos sin emplear la palabra «amor». Efectivamente, estaba arriesgándose mucho con un hombre que siempre había puesto las cartas encima de la mesa. Estaba jugándose el corazón, el orgullo y la felicidad futura, pero le daba igual. En ese momento, solo le importaba que Roman hiciera el amor con ella. Nada más podía parecerse ni remotamente.

Roman se tumbó a su lado y la tomó entre los brazos con seguridad, como si fuesen amantes desde hacía años. Se sentía segura entre sus brazos y muy excitada. El cuerpo de Roman era magnífico, pero lo que la mantendría a salvo era el hombre que había debajo. No existía un sentimiento parecido. Todo su cuerpo vibraba por la excitación y estaba preparada para lo que se avecinaba... en su corazón, en su cuerpo y en su alma. Ansiaba la liberación física, pero cada vez que suspiraba y se aferraba a él como una desesperada, él sonreía y se apartaba un poco.

–No puedes tenerme esperando toda la vida.

–Pero puedo intentarlo –replicó él.

–No voy a dejar que ganes esta batalla.

Introdujo los dedos entre el pelo de él. Era un pelo fuerte y viril, como todo él. Era una tortura que él aumentó pasándole la barba incipiente por el cuello.

–Eres despiadado –murmuró ella.

–Tienes suerte... –replicó él con una sonrisa maliciosa.

–Tienes razón –concedió ella jadeando–. Me lo merezco.

–¿Durante el tiempo que dure?

–Eso espero.

–Podríamos pasar un tiempo aquí...

–Es lo que tenía pensado.

Se quedó sin respiración cuando se puso encima de ella, apoyado en los brazos, y la besó en los labios, los ojos, la frente y el cuello. Entonces, la besó en la boca y se sintió dominada por una oleada de sensaciones. Dejó escapar un grito tembloroso cuando él puso un muslo entre los de ella.

–Tienes que esperar, Eva. Todavía, no.

–¿Por qué? –preguntó ella con la voz temblorosa por el anhelo.

–Sabes por qué...

–Déjame –ella le quitó el envoltorio que tenía en la mano–. Túmbate.

–¿Y cierra los ojos? –preguntó él con sorna.

–Puedes pensar en el desastre que voy a organizar –contestó ella medio en serio.

–No vas a organizar ningún desastre, Eva. Creo que manejas herramientas pesadas en Skavanga, ¿no? Creo que esto entra entre tus capacidades técnicas. Estoy seguro de que el informe exhaustivo de mi ayudante decía que tienes experiencia con herramientas potentes.

–Todo eso es verdad, pero, desafortunadamente, no tengo mucha experiencia con herramientas que pueden sentir o son tan complejas como esta.

–Vaya, y yo que pensaba que ibas a decir que no estabas acostumbrada a manejar maquinaria así de compleja y de este tamaño.

Se rieron y ella se olvidó de las preocupaciones porque se dio cuenta de que confiaba en él y porque lo amaba. ¿Qué podía salir mal?

Nada salió mal. Roman se puso encima y ella se dejó arrastrar por las sensaciones. Cuando la acarició, comprobó que estaba más que preparada y ni siquiera se puso tensa cuando la rozó con la punta de la erección para provocarla. Acabó entrando con mucho cuidado y casi la llevó hasta el límite con profundas caricias. Fue una sorpresa maravillosa darse cuenta de que quería más. Daba y recibía, acometía y se relajaba, subía y bajaba, se arqueaba... Todo ello rítmicamente y con avidez. Ansiaba que él le diera más de lo que se había imaginado posible. Roman jadeó de placer y ella se dio cuenta de que, después de todo, tenía cierto talento.

–Debería ser yo quien te dijera que aguantaras –gruñó él a su oído.

–¿Y resulta que eres tú quien tiene un problema? Piensa en la perforación y los diamantes...

–¿Tú crees?

Ella no pensaba en nada y estaba al borde del límite. Solo pudo darse por vencida cuando él aceleró el ritmo.

–Eso ha sido por traición –comentó ella cuando pudo hablar–. No me has avisado.

–¿Necesitas que te avise?

–No. Me gustan las sorpresas.

–¿Buenas sorpresas con toda la frecuencia posible? –preguntó él.

–Todo el tiempo.

–¿Quieres más?

–¿Tú qué crees?

Hicieron el amor toda la noche. Ninguno se cansó. ¿Por qué iban a cansarse? Ella llevaba mucho tiempo esperándolo y él era inagotable. Estaban hechos el uno para el otro. Había resultado que ella era insaciable sin saberlo y que él tenía todas las respuestas a sus necesidades.

–Hay una cosa que no entiendo –comentó él en uno de los breves descansos.

–¿Qué? –preguntó ella todavía aturdida y acurrucada contra él.

–¿Por qué tenías miedo de los hombres?

Ella levantó la cabeza y se le pasó todo el aturdimiento.

–No tengo miedo de los hombres.

–¿De verdad? –murmuró él–. Entonces, ¿por qué no has tenido aventuras, Eva? No puede decirse que seas una casquivana.

–Gracias –se burló ella–. Además, ¿por qué sabes que no he tenido cientos de aventuras? –preguntó ella antes de acordarse de los representantes de Roman en Skavanga y sus informes.

–Creo que ni siquiera has permitido que un hombre te besase como te he besado yo porque eso les habría dado demasiado poder.

–Estás siendo ridículo.

–¿De verdad?

Ella nunca hablaba de ciertas cosas y no quería estropear el momento.

–Tranquila, Eva. No tienes que contarme nada que no quieras contarme.

Sin embargo, lo más disparatado de todo era que quería contárselo todo, pero los recuerdos llevaban tanto tiempo enterrados que no podía soltarlos como si no significaran nada. No sabía si, al volver a ese sitio tan oscuro, lo perdería a él y perdería toda la confianza que había ganado.

–No puedes reprocharme que sienta curiosidad por la mujer que me cerró la puerta en las narices durante la boda –murmuró Roman–. Eva la alborotadora. Eva la hermana con la que no quería salir nadie, según mi fuente –añadió él inmediatamente–. Y, sí, tengo más nombres –bromeó él.

–No me lo digas. ¿Eva la arpía? ¿Eva la activista insoportable?

–Puedo elegir entre bastantes opciones –reconoció Roman–, y algunos los he sufrido en mis propias carnes, claro.

–Por suerte para ti, sé que no lo dices en serio.

–Sin embargo, nada de lo que he oído encaja con la mujer con la que acabo de hacer el amor. ¿Quién eres de verdad, Eva Skavanga? ¿Eres esa mujer tan hermosa que se acaba de entregar completamente a mí o eres la niña pequeña y asustada que se sienta en lo alto de las escaleras y que oye a sus padres discutir?

–¿Cómo lo has...?

Las fuentes de Roman y sus malditos informes. Había estado investigándola desde que pisó la isla.

–Lo siento, Eva –notó lo tensa que estaba y le pasó unos mechones de pelo por detrás de la oreja. Ella giró la cabeza–. Mírame. No me costó mucho descubrirlo, pero no quería hacerte daño ni fisgar.

Ella se tranquilizó cuando él la abrazó.

–Entonces, no lo hagas.

–No quería remover malos recuerdos.

Sin embargo, lo había hecho. ¿Nunca podría olvidar? Siguieron un rato en silencio. Ella sabía que Roman quería que le contara lo que había pasado y que la escucharía sin juzgarla.

–¿Y tú? –preguntó ella eludiendo la pregunta que había conseguido eludir durante tanto tiempo–. ¿Nunca te has enamorado, Roman?

Él se quedó inmóvil. Se había alejado de ella y eso la asustó. Era como un anticipo de lo que se avecinaba. Ella pensó que estaba exagerando, hasta que él habló.

–Nunca he ocultado a nadie que no ofrezco el amor.

El cambio de tono la dejó helada. Después de todo lo que habían compartido, ¿solo era una pareja sexual y nada más? Incluso la amistad entre ellos sería mucho mejor que eso, aunque se detestaba a sí misma por querer algo más, hacía que pareciese débil.

–Entonces, ofreces unas relaciones sexuales impresionantes y unos regalos magníficos si eso es lo que quiere la mujer.

Ella solo quería la oportunidad de amar y ser amada, y encontrar un refugio seguro para sus hijos si alguna vez tenía la suerte de tener hijos.

–Eva...

Había tenido que hacer un acto de fe para confiar en Roman Quisvada cuando se había criado entre hombres dañinos. Su padre había maltratado su madre y eso se le había quedado grabado. Su forma de sobrellevarlo era intentando alejar a los hombres.

–No quiero hablar de eso.

–Lo siento si he sido duro contigo. No te lo mereces,

Eva. No tienes la culpa de que yo no sepa digerir mi pasado. En realidad, seguramente eres mi salvación, Eva Skavanga.

—¿Estás disculpándote? —preguntó ella levantando la cabeza—. Sabes que soy la persona más torpe que conozco. Yo soy quien debería disculparse —ella esperó un momento—. Ahora deberías tranquilizarme...

—Qué dos... —él la miró con un brilló burlón en los ojos—. Tú me impides que mire hacia atrás y yo te calmo un poco. Sin embargo, ya deberías confiar lo bastante en mí como para contarme lo que te desasosiega.

—No necesito consejo —replicó ella mirando hacia otro lado.

—Pero sí necesitas soltar el veneno. Tus hermanas no tienen ningún problema y yo me pregunto qué te pasa a ti que no les pasa a ellas. ¿Qué viste tú que no vieron ellas? ¿Qué te ha pasado?

—¡Basta! —exclamó ella—. Quieres saber el motivo de la cicatriz. ¿Por qué no lo dices? Sé que la has notado.

—No iba a darle importancia. No me importa, pero, evidentemente, sí te importa a ti. Supongo que sucedió cuando tú seguías en casa, Britt se había marchado a la universidad y Leila no estaba en la casa...

—Qué listo eres.

—Tienes que dejar de halagarme. De verdad, ya tengo la cabeza bastante grande.

—¿Puedes bromear con esto?

—Es mejor que ocultarlo y permitir que supure durante todos estos años. ¿Y bien? —insistió él.

—¿Sigues interrogándome?

—Sí, y ya no voy a parar.

Ella se quedó un rato en silencio, hasta que todo brotó.

—Mi padre empezó a beber cuando la mina empezó a ir mal. Llegaba a casa y pegaba a mi madre. Efectivamente, Britt estaba en la universidad y Leila siempre iba a casa de una amiga después del colegio. Él elegía el momento adecuado. Yo era un poco solitaria y solía quedarme leyendo en la biblioteca del colegio, pero un día llegué pronto a casa y lo sorprendí pegando a mi madre con el cinturón. Estaba hecha un ovillo delante de él. Fui a por él sin pensarlo. Me apartó de un golpe y agarró lo primero que encontró. Su sombrero estaba sobre la mesa, pero, llevado por la furia, porque lo había sorprendido, supongo, agarró en su lugar la cafetera. No me mires así. No quería tirarme el café. Además, no quiero tu lástima, Roman. No quiero la lástima de nadie. No me pasó nada.

—¿No...?

—Mi madre me curó e hicimos un trato. Yo no iría al hospital si mi padre no volvía a tocarla.

—¿Lo cumplió?

—Sí. Ahí acabó todo. Al final mereció la pena.

Roman no dijo nada.

Capítulo 14

POR favor, no me mires así. Ye te he dicho que no quiero tu lástima —Eva lo miró con rabia—. Además, ya que estamos hablando de secretos y mentiras, ¿qué me dices de tu vida, Roman? Estoy segura de que tienes secretos.

—¿Mi vida?

Él se quedó pensando en esa vida construida sobre unos cimientos que desaparecieron cuando tenía catorce años. Había pasado los veinte años siguientes creando sus propios principios, que se basaban en todo menos el amor porque había visto a dónde llevaba eso. Sin embargo, en ese momento, se sentía libre por primera vez en su vida; libre del remordimiento y la amargura porque podía ver a dónde podía llevarle el futuro, a un pequeño pueblo en el Círculo Polar Ártico y a una empresa minera que cuidaría como cuidaba a todas sus empresas. La mina Skavanga le había dado un objetivo nuevo y, lo que era más importante, le había llevado a una chica que se llamaba Eva.

—El hijo de un capo de la mafia tiene ciertas responsabilidades. Cuando descubrí la verdad sobre mi nacimiento, creí que podría librarme de esas responsabilidades y que mi primo Matteo se haría cargo de todo. La isla y el pueblo ya no tenían nada que ver conmigo. Me marché con un arrebato de rabia que me ayudó a amasar mi primera fortuna, pero la isla me reclamó. La gente me reclamó y nunca los abandonaría. Los días de violencia y pistolas habían quedado atrás y la empresa de Matteo ya era legal. Empezamos a trabajar juntos y amasé mi segunda fortuna.

–Pero la gente de la isla sigue considerándote su señor.

–Sí. Hay algunas tradiciones que no se pueden erradicar solo porque uno crea que deberían erradicarse. Además, quiero hacer todo lo que pueda para ayudarlos y ahora me doy cuenta de lo afortunado que soy por tener esa oportunidad. No es una responsabilidad eterna, como creía cuando era un niño, es un privilegio.

–Les quieres.

–Les quiero –reconoció Roman a regañadientes–, pero ¿desde cuándo eres tan perspicaz, *signorina* Skavanga?

–Desde que dejé de mirarme hacia dentro y empecé a mirar hacia fuera.

–Desde hace muy poco, entonces –comentó Roman sin disimular una sonrisa.

–Muy poco –reconoció ella.

Roman iría a Skavanga para ver las preocupaciones de Eva sobre el terreno y luego comentarían cómo podría emplear ella su tiempo para avanzar con los planes que tenía pensados, tanto el museo de la minería como el parque ecológico. El corazón le volaba como una cometa mientras hacía la mochila en Roma antes de volver a casa con él. Era más de lo que había soñado. Trabajar para Roman era lo último que se había esperado cuando llegó a la isla, pero tampoco había pensado que se enamoraría de él... Cerró el candado de la mochila y echó una última ojeada al piso de Roma.

Él estaba hablando por teléfono cuando ella bajó al vestíbulo. Llevaba zapatillas de deporte y él no sabría que estaba allí. Quería sorprenderlo con un beso. No había querido espiar, pero se le oía claramente en el amplio vestíbulo.

–¿Se ha terminado la perforación? –confirmó Roman–. ¿Y se ha arreglado el terreno que la rodea? Sí, salgo ahora con Eva. El momento no podía ser más oportuno...

Se sentó en el escalón de mármol y deseó haberse quedado un rato más en el cuarto. Su madre siempre le decía que, si escuchaba las conversaciones de los demás, nunca oiría nada bueno, pero ya tenía que oír el resto.

–Sí, estoy seguro de que aceptará el empleo –siguió Roman–. Efectivamente, otro problema resuelto –él se rio–. Mi método de persuasión no es de tu incumbencia, aunque me imagino que se parece bastante al tuyo.

¿Con quién estaba hablando? Su tono era demasiado desenfadado como para que estuviera hablando con un empleado.

–De acuerdo, Sharif. Déjalo en mis manos...

Estaba hablando con el jeque Sharif, el marido de Britt, y, a juzgar por el tono de su voz, le daba la sensación de que llevaban un buen rato hablando de ella. Sintió un escalofrío, como si una corriente de frío polar hubiese entrado por una rendija de su despreocupada ignorancia. Roman estaba preparado para marcharse, tenía la bolsa de viaje a sus pies y un chaquetón apto para las condiciones meteorológicas del Polo colgado de los hombros. Sin embargo, ella, de repente, no quería ir a ninguna parte sin saber la verdad.

–Eva –le saludó él con aparente alegría cuando la vio–. ¿Qué haces sentada en las escaleras como una niña perdida? Baja.

Roman extendió los brazos, pero ella dudó. Seguía teniendo una sensación horrible. Él había reconocido que era incapaz de amar y, después de haberlo oído hablar de persuasión y oportunidad, sospechaba que la mantenía a su lado como una artimaña.

–Vamos –insistió él con delicadeza–. ¿Qué te pasa?

Su mundo acababa de hundirse. Su compañía la había apaciguado y dado confianza, pero debería haberlo sospechado. No podía sonreír mansamente mientras no supiera por qué había querido que se quedara allí.

–No –le advirtió ella cuando él fue a acercarse.

–¿Qué quieres decir? –él subió los escalones de dos en dos, le tomó las manos y la levantó–. ¿Por qué no me miras? ¿Qué te pasa?

Ella se encogió de hombros. Le costaba expresar un sentimiento, una sospecha.

–Te he oído hablar por teléfono –reconoció ella sin mirarlo.

–¿Y qué crees que has oído?

–Que todo este retraso ha sido parte de tu plan.

–¿Qué retraso? ¿Qué plan? –preguntó él con el ceño fruncido.

–Tu plan de retenerme contigo hasta que se terminara la perforación y el terreno estuviese arreglado.

–¿Y bien...? –él se encogió de hombros y sacudió la cabeza–. ¿Qué tiene eso de malo? ¿Debería haber suspendido todo el trabajo en la mina hasta que hubieses vuelto?

–Deberías haber sido sincero conmigo.

–He sido sincero contigo.

El tono de Roman era más tenso. Ella debería haberlo interpretado como una advertencia de que lo que más lo irritaba era que pusiesen en duda su sinceridad.

–¿Has oído la mitad de la conversación y solo por eso has decidido no fiarte de mí? Creo que nunca te fiarás de mí, Eva. Creo que, haga lo que haga, nunca te conformarás.

–Me sedujiste y me retuviste...

–Y, que yo sepa, en ningún momento te quejaste.

–Me mantuviste alejada para que no causara problemas en la mina.

–¿Eso es lo que crees? ¿No será que todavía te falta seguridad en ti misma? Voy a volver contigo, ¿no es suficiente? ¿Mi compromiso contigo y con la mina no significa nada?

–Ahora, una vez terminado el trabajo, no tienes nada que perder.

–No puedo creerme que digas eso, Eva –replicó él quedándose rígido.

–No puedes decirme que tus motivos hayan sido inocentes.

–Puedo decirlo y lo digo –insistió él–. Además, me ofende que digas lo contrario.

Sin embargo, ella había empezado y tenía que decirlo todo.

–Me utilizaste...

–Y tú me utilizaste a mí –le interrumpió él–. Los dos teníamos nuestros planes cuando empezó la relación. ¿Acaso no cambiamos esos planes cuando fuimos conociéndonos? Yo sí lo hice. Además, ¿sabes una cosa? Los dos tenemos defectos, no somos perfectos, y si tú no puedes vivir con eso... –él se dio la vuelta con un gesto de impaciencia–. Te deseaba y creía que tú me deseabas, pero ahora me pregunto si estaré perdiendo el tiempo.

Ella sabía que eso era verdad. También sabía que la seguridad en sí misma tenía los cimientos de arena y hacía que dijera las cosas antes de pensarlas.

–¿Es la hora de partir? –preguntó ella deseando poder borrar los últimos minutos.

Roman se quedó en silencio y eso la preocupó. Con motivo...

–Cuando tú quieras, Eva.

–¿Qué quieres decir? –preguntó ella con un hilo de voz–. ¿No vas a acompañarme?

–Te marcharás de Roma ahora. Yo te seguiré a Ska-vanga... –él se encogió de hombros–más tarde. Es lo mejor, Eva. Si te acompaño ahora, siempre tendrás esa sospecha. Siempre te preguntarás si te retuve conmigo porque me venía bien para mi empresa. Vete ahora y acepta el empleo. Hablaba en serio cuando dije que ne-cesitamos tu aportación, y la necesitamos ahora. Dijiste que anhelabas ese empleo y yo quiero saber cómo van las cosas, con informes diarios. Concéntrate un tiempo en eso.

–¿Y luego?

Sintió un frío gélido en las entrañas mientras espe-raba la respuesta. ¿No había cambiado nada para nin-guno de ellos? ¿Seguía siendo él tan frío? ¿Era ella tan defensiva como siempre? ¿Lo había estropeado todo otra vez?

–Eva, creo que necesitas tiempo para decidir lo que quieres de verdad. Puedes tomar el avión, está prepa-rado. Mi conductor te llevará hasta la escalerilla, puedes volar hasta Skavanga y puedes empezar a trabajar en el proyecto de la mina en cuanto quieras. Además, si quie-res, podemos fingir que esta visita no ha sucedido ja-más.

Eso era lo que menos quería.

–¿Eso es lo que significa todo para ti?

Ella extendió los brazos como si quisiera describir la enormidad de la pérdida que sentía.

–No estamos hablando de mí. Estamos hablando de ti. Quiero que descubras qué es lo que quieres en la vida. Quiero que pienses desapasionadamente y deci-das.

–En resumen, que me marche sin ti.

El cerebro no le funcionaba casi. No podía arrojarse

en sus brazos y decirle que todo había sido en error espantoso y que, por favor, se montaran juntos en el coche. Roman tenía razón, ella tenía que decidir qué era lo que quería. Sin embargo, él también. Ella había creído que estaba en la cúspide de algo especial con él, pero si él no sentía lo mismo...

—No te pasará nada —comentó él al confundir sus dudas con preocupación—. Estarás acompañada todo el camino y les diré a tus hermanas que vas a volver para que estén esperándote.

—Gracias, pero no te preocupes —ella levantó la barbilla e, incluso, esbozó una sonrisa—. Pasado mañana recibirás el primer informe, si te parece bien.

—No esperaba menos de ti.

Roman también sonrió, pero fue una sonrisa que parecía expresar pena por la separación más que otra cosa. ¿Y nada más? Efectivamente, y nada más, se dio cuenta ella cuando Roman pulsó un número en su móvil y organizó la marcha de ella.

¿Por qué iba de un lado a otro cuando tenía que hacer un montón de cosas? Había llegado al empleo de sus sueños, se recordó a sí misma mientras deshacía el equipaje en su dormitorio de Skavanga. Estaría tan ocupada que no tendría ni un momento para echar de menos a Roman.

¿Se había vuelto loca? Lo había estropeado todo otra vez. Se tumbó en la cama mirando el techo. Si planificaba, dejaría de pensar en lo que había perdido. Mejor dicho, en lo que nunca había tenido. Roman no estaba en el mercado, no lo había estado nunca, salvo en su cabeza. Sin embargo, aceptarlo tampoco aliviaba nada el dolor de corazón.

Tenía que pensar en el trabajo, hacer planes para

concentrarse en el empleo y tomarse las cosas con calma esa vez. Sin embargo, antes tenía que hacer otra cosa importante. Había intentado hablar por teléfono con Britt en cuanto aterrizó, pero le dijeron que estaba en una reunión en la mina. Volvió a llamarla en ese momento y le dijeron lo mismo, pero la secretaria de Britt, al reconocer su voz, le ofreció inmediatamente ponerla en contacto.

–No, por favor, no moleste a mi hermana. Desharé el equipaje e iré por allí a esperarla.

–¿La esperará? ¿Está segura, señorita Skavanga?

–Sí, completamente segura.

Vaya, tenía que haber sido una verdadera arpía. No podía soportar imaginarse hasta qué punto debía de haber maltratado a la gente. De camino a la oficina, compró los dos ramos de flores más grandes que encontró en la calle principal. Uno para Britt y el otro para su secretaria. Iba a compensar su actitud del pasado por todos los medios.

Los empleados no pudieron disimular su sorpresa al ver a Eva Skavanga que esperaba dócilmente en la recepción y muchos susurraron mientras la miraban. Iba a ser motivo de habladurías durante un tiempo, pero era por su culpa y lo sufriría encantada de la vida porque eso no era nada en comparación con lo que había ido a hacer.

–Eva...

Britt salió de su despacho con los brazos abiertos. Estaba espléndida, como siempre, y resplandeciente.

–El matrimonio te sienta bien –comentó ella cuando Britt la soltó.

–Sharif me sienta bien –reconoció Britt mientras le apartaba un mechón pelirrojo de la cara–. ¿Qué tal Roman y tú? –preguntó su hermana con cautela.

–No estamos juntos y no he venido a hablar de eso. He venido a disculparme.

–¿A disculparte? –Britt hizo una mueca–. ¿De qué?

–Ahora consigues que me sienta peor que nunca.

–¿Por qué? –insistió Britt pasándole un brazo por los hombros y llevándola a su despacho.

–Como estás tan acostumbrada a mis arrebatos y mis gritos, seguramente no te acuerdes de que nos peleamos justo antes de que me fuera a la isla de Roman, pero nos peleamos, o, al menos, yo me peleé. Lo he lamentado todos los días desde entonces, como he lamentado cada vez que te he gritado sin motivo cuando Leila y tú sois las mejores hermanas del mundo. No solo le he quitado importancia, sino que he abusado de vuestra bondad...

–¡Para, por favor! –exclamó Britt–. No había oído nada tan empalagoso en mi vida. Te quiero y Leila te quiere hagas lo que hagas, pero hay otra cosa... –añadió Britt pensativamente.

–Dímela.

–Puedes decir que Roman y tú no estáis juntos, pero hay algo que ha provocado esta confesión. Sea cual sea la versión de los hechos que quieras darme, yo no me la trago.

–Entonces, ¿estamos bien?

–Eva... –Britt sacudió la cabeza con una sonrisa cautelosa–. Siempre hemos estado bien.

Capítulo 15

HABÍAN pasado casi dos meses y habían sido interminables. Nunca le había asustado el enfrentamiento. Su vida empresarial consistía en eso y tomaba decisiones objetivas. Eso había sido imposible con Eva porque los sentimientos siempre se metían por medio. Lamentaba cada palabra y cada pensamiento airado que se habían intercambiado. A posteriori, todos le parecían un desperdicio de pasión. Esos dos meses pasados habían sido los más complicados de su vida. Había querido darle una oportunidad con un empleo que, según ella, siempre había soñado. Quería darle la oportunidad de que sofocara la fusión nuclear que se producía cada vez que estaban juntos. Desgraciadamente, dos meses no había bastado para cicatrizar las iniciales que Eva había grabado en su corazón.

–Sharif... –dijo distraídamente mientras contestaba el teléfono.

–No soy Sharif, estoy utilizando su teléfono, Roman.

–Britt... –se incorporó nerviosamente en el asiento–. ¿Pasa algo? ¿Está bien Eva?

–Sí, todas estamos bien, pero ¿tú? Lo dudo.

–No te preocupes por mí. Háblame de Eva.

–¿Hasta cuándo vas a hacerte esto, Roman?

–¿Hacerme qué?

–Quedarte al margen. Eva es otra persona desde que fue a verte.

–¿Otra persona? ¿Para bien o para mal?

–¿Por qué no vienes a comprobarlo? –contestó ella resoplando con impaciencia.

–Tengo que hacer muchas cosas y siempre me falta tiempo.

–Eso me parece una excusa.

–Todo te perece una excusa. Por eso me contrataste para que dirigiera la empresa.

–Sí, claro, cuando afecta a mi familia me hace menos gracia. Al menos, ven a la fiesta. Ven y comprueba lo que ha logrado Eva. ¿Es mucho pedir?

Él apretó los dientes. Nadie le decía lo que tenía que hacer, nadie menos los Diamantes de Skavanga.

–No puedo prometer nada.

–Ya, eso coincide con lo que Eva me ha contado de ti.

–¿Se ha sincerado contigo?

–No hace falta, Roman. Es mi hermana y es como un libro abierto para mí. ¿Vas a venir a la fiesta o no?

Él se quedó tanto tiempo con la mirada perdida que Britt acabó exclamando algo muy poco femenino.

–De acuerdo, Britt.

Se quedó mirando el auricular del teléfono. ¿Qué les pasaba a esas mujeres? ¿Habían nacido así o las temperaturas gélidas del Ártico les congelaban los genes femeninos? Tampoco ayudaba que tuviera un contacto diario con Eva y su correo tenía que estar a punto de llegar. Sus informes sobre los avances en la mina eran meticulosos. Los analizaba para buscar el más mínimo indicio de que estaba echándolo de menos, pero no lo había encontrado. Eva Skavanga, la mujer más vehemente que había conocido, se había convertido en un modelo de contención y rectitud. Además, si era justo, estaba haciéndolo muy bien y Britt tenía razón, él no estaba haciéndolo tan bien. Según sus representantes allí, Eva había estimulado a todo el mundo para que se pusiera en marcha y el museo de la minería ya estaba debatiéndose con arquitectos y ecologistas, y él se había quedado fuera. Entonces, ¿por qué estaba en su despacho de Abu Dabi mientras Eva estaba en la otra punta del mundo? Porque estaba trabajando, como siempre, y no había perdido su don. Había amasado una tercera fortuna y su vida era muy plena. Analizar hojas de cálculo y cuentas de resultado le compensaban la pérdida de Eva Skavanga... ¡Ni loco! Echaba de menos su pasión y su temperamento. Echaba de menos el caos que había llevado a su vida. Además, ¿quién escuchaba las preocupaciones de Eva? ¿Se había reconciliado con Britt? Seguramente, sí. ¿Había vuelto Leila de la universidad o Eva estaba sola? Podía preguntárselo a sus representantes en Skavanga, pero no era capaz. Ya sentía bastante remordimiento. Había preguntado todo lo relativo a Eva y solo le había dado un empleo. Se animó cuando oyó la señal del correo electrónico. Era la hora, tenía que ser el informe de Eva. Efectivamente, al parecer, el dinero que había inyectado les había permitido crear un jardín alrededor de la mina. Fantástico. Eso le gustaría a ella. Volvió a leerlo como si así fuera a tenerla más cerca. Era la misma mujer que había desdeñado el día que la conoció en la boda de Britt, un día que, en esos momentos, le parecía de otra vida. Su vida era anodina sin Eva. Había visto cómo podía ser con ella y ninguna otra mujer podía soñar con acercarse. La echaba de menos. Ese mero contacto con ella a través de Internet le aceleraba el pulso y hacía que sonriera. No podía imaginarse la vida sin ella. La amaba, era así de sencillo y de complicado. Oyó otro pitido del ordenador.

De: Eva Skavanga
A: Roman Quisvada
Asunto: Complicaciones futuras

¿Corremos el peligro de verte por aquí en un futuro cercano o las condiciones son demasiado complicadas para ti?

De: Roman Quisvada
A: Eva Skavanga
Asunto: Suposiciones equivocadas
Las conclusiones precipitadas nunca se te han dado bien, Eva. Limítate a concentrarte en tu trabajo o no me servirás.

De: Eva Skavanga
A: Roman Quisvada
Asunto: ¿Estás despidiéndome?

De: Roman Quisvada
A: Eva Skavanga
Asunto: ¿Despedirte?
¡No! Eso me costaría dinero y a estas alturas ya deberías conocerme mejor.

No, pero le gustaría, se dijo Eva mientras se levantaba para estirarse. El correo electrónico era un arma de doble filo. El contacto inmediato con alguien que estaba en el extremo opuesto del mundo era muy útil, pero era una forma desapasionada de charlar. No quería estar mirando una pantalla que hacía que la distancia entre ellos pareciera más infranqueable todavía.

¿Cómo se podía echar tanto de menos a un hombre? ¿Cómo se podía complicar tanto las cosas? Sus hermanas tenían razón. Su ridículo orgullo era lo único que le impedía hablar con Roman de una forma personal, eso y sus inseguridades, más ridículas todavía.

Un hombre impresionante con todo a su favor, según

Leila. Alguien dispuesto a salvar la empresa familiar. Además, le había dado un empleo. Entonces, intervino Britt y le recordó que el museo de la minería estaba en marcha gracias a los planes de Roman para recuperar la tierra.

—Eres tonta si lo dejas escaparse –le había espetado Leila con una vehemencia inusual–. Si tu única ambición en la vida es convertirte en una arpía amargada, vas por el buen camino.

Como si necesitara que se lo dijera. Sentada en el sofá junto a la ventana, se tomó la cabeza entre las manos. Sintió lástima de sí misma durante diez segundos, hasta que se acordó de que Britt le decía que la vida era muy valiosa y que no se podía desperdiciar ni un segundo. Había llegado el momento de acabar con esa arpía. Llamó a Britt.

—En cuanto a la fiesta de mañana para celebrar el renacimiento de la mina...

—Entonces, ¿vas a venir? –le preguntó Britt con alegría.

—Claro que voy a ir.

—Mira, si me llamas para preguntarme si Roman va a estar, no lo sé.

—¿No lo sabes o no vas a decírmelo?

—No lo sé, sinceramente –su hermana se rio–. No tengo ni idea de la agenda de Roman, no me la cuenta.

A ella tampoco se la contaba, pensó Eva.

—Y no vengas vestida como uno de los chicos –le pidió Britt–. Va a estar la prensa y querrá que los Diamantes de Skavanga vayan vestidas de punta en blanco ahora que todas participamos de la gestión de la mina. Además, podríamos hacernos una foto familiar decente. Nada de monos de trabajo, Eva. Hay tiendas de ropa bonita en Skavanga. Si quieres, te acompañaré a elegir algo.

–Ahórramelo.

No quería ni imaginarse sesiones interminables con dependientes arrogantes que la miraban despectivamente y una hermana que tenía cosas mejores que hacer. Solo era una pena que no tuviera ni idea de lo que era «ropa bonita».

–¿Dónde está? –le preguntó a Leila.

Había abierto la puerta mientras hablaba por teléfono y solo pensaba en una cosa: en Eva.

–¿Por qué iba a decírselo? –le preguntó Leila con más curiosidad que rechazo.

–Creo que ya lo sabes –contestó él mirando alrededor para situarse.

–Sé que le hizo daño, conde Quisvada. Sé que su ausencia la desconcierta y también sé que usted es el único hombre, aparte de nuestro hermano Tyr, que no le tiene miedo a mi hermana. Sin embargo, voy a preguntárselo una última vez. ¿Por qué quiere saber dónde está Eva?

–Eva es mi empleada y tiene que ponerme al tanto. ¿Contenta?

–¿Por qué no que la echa de menos? –replicó Leila–. Eso me contentaría. ¿Por qué no que no puede hacer nada sin ella porque mi hermana le ocupa toda la cabeza? Eso también me contentaría.

–¿Y tú eres la hermana de pocas palabras?

–Sé que tiene sus fuentes, conde Quisvada, ¿por qué no la encuentra por sus medios?

Porque tardaría demasiado y quería ver a Eva inmediatamente, se dijo a sí mismo con impaciencia mientras miraba por la ventana.

–Lo he intentado en todos los números habituales, pero no contesta.

–¿De repente es una emergencia? –preguntó Leila con escepticismo.

–Sí, lo es.

Echaba de menos a Eva más de lo que podía decir y quería tener esa conversación con ella. En realidad, echarla de menos era decir muy poco. No podía pensar y quería que estuviera otra vez entre sus brazos, donde tenía que estar. La había alejado y estaba dispuesto a enmendarlo.

–Vamos, Leila, creía que eras la hermana fácil de tratar.

–¿Quiere decir la sumisa? –a él le sorprendió la reacción acalorada–. Las apariencias engañan, conde Quisvada.

Que se lo dijeran a su amigo Rafa, pensó él al acordarse de la reacción del tercer integrante del consorcio cuando Rafa León vio la foto del Leila. Rafa había pensado que la menor de los Diamantes de Skavanga era inocente y atractiva. Él, Roman, siempre la había considerado más obstinada y gruñona de lo que parecía. ¿Quién había tenido razón?

–Llámame Roman –le pidió él con delicadeza– y dime dónde está, por favor –añadió él haciendo un esfuerzo por tener paciencia–. Hazlo si te importa algo tu hermana, a mí sí me importa en este momento. Tengo que encontrarla, Leila.

Cerró los ojos y resopló con alivio cuando la hermana de Eva le dio la información que anhelaba.

–¿Sigues ahí? –preguntó Leila.

–Gracias –susurró él automáticamente.

–¿La amas?

–Lo siento, Leila, pero no vas a ser la primera en oír lo que siento por tu hermana. Ahora, si me disculpas...

Cortó la comunicación con algún tópico. La urgencia se había adueñado de él cuando aterrizó el avión y, en ese momento, estaba en el punto álgido. No le bastaba con haber aceptado la palabra «amor», tenía que decirle a Eva lo que sentía y tenía que decírselo inmediatamente cara a cara.

Capítulo 16

TENÍA que aceptar que sus elecciones eran espantosas algunas veces y esa podía ser uno de esas veces. Las dependientas le habían asegurado que el ceñido vestido azul con cuello rosa entonaba maravillosamente con su melena roja como una llamarada y su cutis blanco como el marfil.

—Para ser maravilloso, ¿puedo estar tan horrible? —comentó ella intentando subirse la cremallera.

—Te ayudaré...

—¡Roman!

—Eva... —murmuró él mirándola a los ojos.

El mundo había dado un vuelco. ¿Cómo era posible que Roman Quisvada estuviese delante de ella en una tienda de Skavanga? Nadie sabía que había ido de compras... menos sus hermanas.

—¿Qué haces aquí? —preguntó ella como si no tuviese derecho a estar allí.

—Viendo escaparates.

Él contestó en voz baja sin dejar de mirarla mientras ella no sabía si lo había saludado. Era su jefe, se recordó a sí misma. La impresión de verlo la había dejado muda. Roman, alto, moreno y disparatadamente guapo, estaba en la puerta con un chaquetón negro de plumas, vaqueros, botas y bufanda. Era como el único punto fijo en una realidad cada vez más incierta. Hasta las dependientas habían retrocedido juntas como si nunca se hubiesen encontrado con una fuerza tan poderosa. No le extrañó. Nadie se quedaba instintivamente delante de Roman, más bien, todo el mundo se apartaba con la esperanza de que no lo hubiera visto. Salvo que fuese Eva Skavanga, claro.

–Ese vestido es espantoso, Eva. No sé por qué lo llevas puesto. Vámonos. He visto algo mejor en otra tienda.

–¿En serio? –preguntó ella mirando con compasión a las dependientas.

–Estoy alojado en el hotel de enfrente y te he visto entrar. Buscas algo para ponértelo en la fiesta de mañana y...

–¿Has venido por eso?

–Es uno de los motivos –contestó él–. Date la vuelta para que pueda sacarte de eso.

Eva estuvo segura de que había oído un suspiro a coro de las dependientas mientras Roman le bajaba la cremallera.

–Ahora, vístete con tu ropa –añadió él con la seguridad de un maestro de la seducción–. Voy a comprarte un vestido.

–No necesito que me compres nada –replicó ella una vez repuesta de la impresión–. Además...

–Además he estado demasiado tiempo lejos –terminó él mientras la sacaba de la tienda.

La besó en la boca y ella tuvo que estar de acuerdo. La tenía contra la luna de cristal del escaparate y con las manos a los costados de la cara. Notaba vagamente que las dependientas tenían las caras prácticamente pegadas al cristal por detrás de ella.

–¿Estás decidido a montar un espectáculo conmigo? –preguntó ella cuando él la soltó.

Roman se limitó a sonreír y, cuando la estrechó con más fuerza contra sí, ella solo pudo introducir los dedos entre su pelo y corresponder.

–¿Vamos a llegar a la fiesta? –murmuró ella.

–Lo dudo mucho porque solo tenemos poco más de veinticuatro horas.

–Pero el vestido...

–Pediré que lo manden –contestó él mientras cruzaban la calle.

–¿Cómo sabremos que me queda bien?

–He hecho una conjetura con conocimiento de causa –volvió a contestar él mientras subían los escalones de la entrada de dos en dos–. He reservado una suite...

–¿En serio? –preguntó ella.

Los dos sonrieron y ella no pudo apartar la mirada de su tentadora boca.

–Con una cama enorme –comentó él mientras esperaban al ascensor.

–No esperaba menos.

–Y todo tipo de posibilidades por si te apetece innovar –añadió él mientras se abrían las puertas.

–Estoy segura de que me apetecerá –el corazón le latía tan deprisa que no sabía si podría respirar–. ¿El ático?

–Si te apetece ver un poco las vistas por el camino...

Él pulsó el botón para detener el ascensor y se bajó la cremallera con una mano y la otra en ella.

–Déjame que me las baje yo –le pidió ella con las manos en la cinturilla de las bragas.

–Tengo una idea mejor –ella dejó escapar un grito–. No te preocupes, añadiremos ropa interior al vestido –susurró él mientras la empujaba contra la pared de acero.

–Es posible que deje de usar ropa interior, total, ¿para qué?

–¿Para qué? –repitió él mientras la levantaba.

Ella casi no tuvo tiempo de rodearle la cintura con las piernas antes de que la agarrara del trasero y entrara hasta el fondo. Perdió el control y el espacio cerrado retumbó con sus gritos de placer.

–Ansiosa... –murmuró Roman cimbreándose para llevarla hasta el éxtasis.

–¿Estás de broma? –preguntó ella cuando pudo hablar–. No he empezado todavía.

Roman se rio para sus adentros, pero ella lo notó a través del chaquetón.

–Otra vez –susurró ella con avidez cuando él cometió el error de ir a pulsar el botón.

Él entró con una embestida y los dos se emplearon a fondo para llegar al final que necesitaban. Esa vez, los gritos de ella se habrían oído en Roma, pero le daba igual. Aunque se alegró de que Roman tuviera la claridad de ideas de poner el ascensor en marcha.

–Antes de que se rompan los cables –le explicó él.

La bajó con delicadeza mientras el ascensor se ponía en marcha. Ella se quitó las bragas desgarradas y se las guardó en el bolsillo mientras se abrían las puertas. Entraron en un pequeño recibidor privado con elegante decoración escandinava y una puerta de haya que daba a la suite.

–La puerta parece sólida –murmuró él mientras la abría.

–Te aprovechas de que no llevo ropa interior –comentó ella mientras él se quitaba el chaquetón y lo tiraba sobre una butaca.

–Puedes estar segura.

Efectivamente, comprobaron que la puerta era sólida y Roman fue eficiente. Solo necesitó unas acometidas profundas y bien administradas para llevarla al clímax otra vez.

–No es justo. ¿Y tú? –jadeó ella aferrándose a él.

–¿El suelo? –propuso él.

–La alfombra parece suave. ¿Mejor así?

–Perfecto –murmuró Roman mientras se arrodillaba detrás de ella.

Eva levantó el trasero todo lo que pudo mientras él la controlaba con las manos en su carne delicada y mullida. Ella se sentía maravillosamente entregada y él era arrebatadoramente diestro. Entró profundamente y supo acariciarla.

–Separa un poco más las piernas, Eva.

Ella lo hizo y dejó escapar un grito cuando él empezó a trazar círculos en su punto más sensible.

–¿Tan pronto? –preguntó él sabiendo muy bien que ella no podía contenerse.

Eva no tuvo tiempo de contestar y solo pudo chillar dominada por una oleada de sensaciones y con la cara contra la suave alfombra de piel.

–¿Ahora en la cama? –propuso ella cuando pudo articular palabra.

–Está demasiado lejos. Ahora en el sofá –contestó Roman quitándose la camisa por encima de la cabeza.

La sentó en el borde del sofá, se arrodilló delante de ella, le levantó las piernas, se las apoyó en los hombros y él se apoyó en el respaldo.

–Es un placer servirte –dijo él provocándola solo con la punta.

–Pues sírveme –le animó ella antes de gruñir de placer cuando él entró y empezó a moverse–. Otra vez –gritó ella dejándose arrastrar.

Casi estaban en la cama cuando una consola con un espejo detrás se les cruzó por el camino. También resultó ser muy sólida y fue un desvío muy oportuno antes de gozar más en la cama.

Llegaron a la fiesta por los pelos. Eva llevaba un vestido palabra de honor color marfil que hacía que se sintiera como una princesa por una noche. Roman, con un traje oscuro, seguía pareciendo un pirata gracias al pelo negro y a la amenazante barba incipiente. Casi no habían tenido tiempo de ducharse y vestirse cuando Roman gritó que tenían que marcharse. Él no tuvo tiempo ni de afeitarse, pero ella no se quejaba. Lo amaba como era y lo miró con orgullo cuando Britt, después de abrazarla como si llevaran años separadas, presentó a Roman como el máximo responsable del consorcio que había devuelto la vida a la mina y el pueblo que llevaban su nombre.

–Nada de todo esto habría sido posible sin los Diamantes de Skavanga –terminó diciendo Roman–. Y no me refiero a esas piedras que sacamos de la tierra, sino a estas tres mujeres: Britt, Eva y Leila Skavanga. Sin su obstinación y firmeza, nunca habría entregado tanto dinero –todo el mundo se rio y él se dirigió a Eva con un susurro–, ni mi corazón. Como prueba de que el consorcio no podría hacer nada sin las hermanas Skavanga, aprovecho este momento para comunicarles que Britt Skavanga será la presidenta de Minas Skavanga y que Eva será nuestra asesora en cuestiones medioambientales y culturales.

Todo el mundo irrumpió en vítores y aplausos y el grupo musical empezó a tocar. Roman hizo un aparte con ella.

–¿Me has consultado? –le preguntó ella.

–¿Quieres el empleo o no?

–¿Lo dices de broma? Sabes que sí. Es lo que siempre he soñado.

–Eso me parecía.

–Además, es agradable recibir una sorpresa de vez en cuando.

–Bueno, veré qué más puedo hacer para sorprenderte.

–Sí, por favor.

–Lo primero es esto –dijo él rebuscando en un bolsillo.

–¿Tu cadena de oro? –preguntó ella sin poder creérselo.

–Creo que te quedará mejor que a mí.

–Roman...

Se quedó muda mientras él se la ponía al cuello.

–Tengo algo más para ti.

–¿Qué...?

Ella frunció el ceño cuando la llevó a un rincón oscuro junto al escenario improvisado.

–Tu bonificación –contestó él.

–Creía que ya me la habías dado –bromeó ella mientras se miraban a los ojos con una sonrisa.

–Es normal que se recompense a los empleados especialmente buenos.

–Me alegro de que esté contento conmigo, señor –dijo ella haciendo una reverencia burlona.

–Lo estoy y quiero que aceptes esto.

–¿Qué es? –preguntó ella desdoblando una hoja de papel.

–Un viaje a Roma.

–¿Lo dices en serio?

–Completamente. Te amo, Eva Skavanga. Te amo más que a la vida misma y te advertí de lo que pasaría si tirabas aquella moneda a la fuente. Tenemos que volver a Roma. ¿No quieres?

–¿Puedes conseguir a alguien que pilote el avión?

–Claro –él frunció el ceño–. ¿No te fías de mí?

–Claro que sí, pero tengo algo pensado para ti y, por muy osados que seamos, creo que no deberíamos correr riesgos en la cabina. Nunca se sabe dónde podría sentarme.

–Me hago una idea.

Epílogo

FUERON de luna de miel a Roma antes de casarse en la isla. Viajaron en el avión privado de Roman y, como habían previsto, probaron todas las superficies que podían aguantarlos, y algunas que no eran tan sólidas, sobre todo, cuando había turbulencias.

–Recuérdame que no vuelva a hacer caso de tus propuestas –comentó Roman mientras la sentaba en sus rodillas–. Los asientos están muy bien. ¿Por qué no los usamos?

–¿Todos? –preguntó ella con una ceja arqueada y mirando alrededor.

–Tenemos tiempo –contestó él mirando el reloj.

–Ni se te ocurra darme calderilla.

–Y tú no me presiones o tendré que enseñarte más disciplina.

–¿Más todavía? Sí, por favor... Siempre me ha faltado disciplina, pero, afortunadamente, eso ha cambiado. ¿Me pongo sobre tus rodillas para que me des unos azotes?

–Luego. Tengo que hacer otra cosa antes.

–¿No puede esperar?

–Ponte a horcajadas y lo sabrás.

–¿Es necesario?

–Creo que sí.

–Por cierto, ¿cómo saben los auxiliares de vuelo cuándo tienen que desaparecer?

–Hay un botón para llamarlos –contestó Roman con paciencia.

–No les hemos dado mucho trabajo.

–Si tienes apetito...

–Lo tengo, pero dudo mucho que tengan lo que necesito en la cocina.

–Estoy casi seguro de que no. ¿Estás cómoda?

Ella contestó echando la cabeza hacia atrás con un suspiro de placer.

Fueron en una lancha privada a la isla, donde se casarían en la playa al atardecer y rodeados de amigos y familiares. Leila fue la primera en felicitarlos. Parecía alterada e insólitamente animada, pero ella no tardó en descubrir el motivo. La respuesta llegó esa noche, cuando las hermanas y los tres integrantes del consorcio se reunieron para cenar la noche previa a la boda. El jeque Sharif estaba casado con Britt y Roman estaba prometido, pero Rafa León, el aterrador duque de Cantalabria, estaba libre y el miedo se adueñó de ella cuando vio que su delicada hermana pequeña se sentaba enfrente del duque de semblante sombrío. ¿Por qué se atraían los polos opuestos? Se preguntó mientras observaba que Leila encajaba los comentarios ácidos del duque con observaciones atentas. La tensión entre Leila y el duque era como una llamarada que consumiría a su hermana. Ella quería a alguien complaciente para la pequeña y taciturna Leila, no a un bárbaro criado entre los riscos de un rincón perdido de Europa. Para ella, el duque sería un aristócrata, pero solo por el título. Tenía una mirada despiadada y su actitud rozaba lo agresivo. Sus modales eran aceptables, pero ella supo pronto que todo el mundo, salvo Roman y el jeque Sharif, lo trataba con cautela... y con motivo, pensó cuando Rafa se levantó de la mesa con una excusa vana.

«Que le vaya bien», pensó ella con enojo al ver que Leila miraba al duque español mientras se dirigía hacia la puerta. Los otros dos hombres también encontraron pronto un motivo para seguirlo y dejaron a las hermanas para que hablaran de la boda.

–Enséñame el anillo –le pidió Leila.

Ella intentó serenarse, se dijo que su hermana ya era mayor para cuidar de sí misma y se concentró en el acontecimiento más importante de su vida.

–No necesito un anillo para casarme. Eso es algo muy anticuado.

–Vaya, ¿qué tiene de malo? –le preguntó Britt–. No puedo creerme lo que has dicho. ¿Sabes a qué nos dedicamos? Tenemos una mina de diamantes –Britt y Leila se miraron con preocupación–. ¿Qué quieres decir con eso de que no necesitas un anillo? –insistió Britt enseñándole su pedrusco de muchísimos quilates–. ¿Qué pasará cuando el oficiante pida los anillos para casaros?

–Tengo el anillo de Roman –contestó Eva enseñándoles el sencillo anillo de platino que habían elegido juntos.

–Muy bonito –concedió Britt–, pero ¿y tu anillo de boda?

–¿Vas a atarte un mechón de su pelo alrededor del dedo? –intervino Leila con nerviosismo.

–No seáis ridículas. Solo necesito a Roman.

Eva notó que se le secaba la garganta al darse cuenta de que ni siquiera había hablado con Roman sobre el anillo. Al parecer, los dos se habían olvidado. En el fondo de su corazón, había esperado una sorpresa, pero ya era demasiado tarde.

El día de la boda amaneció soleado y, aunque faltaba mucho hasta la ceremonia al atardecer, tuvo que hacer tantas cosas que le pareció que solo habían pasado cinco minutos desde que vio a Roman por última vez cuando se marchó después de cenar.

–Me gustaría que tuvieses un anillo –se lamentó Leila, quien siempre pensaba antes en los demás–. ¿Estás segura de que no te importa?

–En absoluto –contestó Eva despreocupadamente.

–En cualquier caso, ya es demasiado tarde para preocuparse –intervino Britt mientras alisaba el vestido largo de color marfil–. Por cierto, estás muy guapa. Además, tienes razón, no necesitas un anillo, solo necesitas al hombre que amas.

–Quién fue a hablar, que no puedes levantar la mano por el peso del diamante –comentó Leila.

–Además, cualquier hombre que pueda domarte, debería estar pensando en esposas forradas de piel y otros artilugios para meterte en vereda cuando tengas un arrebato, no en anillos –siguió Britt sin darse por aludida.

Todas se rieron a carcajadas, un poco nerviosas en el caso de Eva. Sería por la boda, intentó convencerse mientras encabezaba la procesión de hermanas hacia la carpa adornada con flores que se había levantado en la playa. No pensaba contar sus secretos de alcoba ni a sus hermanas.

Roman estaba esperándola y le pareció más impresionante que nunca, si eso era posible.

–¿Y los anillos? –preguntó la mujer que iba a casarlos mientras Eva le entregaba el ramo de orquídeas a Leila.

Leila dejó escapar un suspiro mientras ella dejaba el anillo de Roman en la almohadilla de terciopelo. La mujer esperó un momento.

–¿Podrían darme los dos anillos, por favor?

–Perdón... –las tres hermanas miraron a Roman, quien estaba rebuscando en el bolsillo–. ¿Servirá esto?

Eva se quedó boquiabierta cuando Roman dejó dos fabulosos anillos de diamantes en la almohadilla.

–Siento el retraso –se disculpó él con discreción–, pero ya sabes que soy muy exigente con el diseño y el tallado. Las piedras son de la mejor calidad y, además, son de las primeras que se extrajeron de la mina Ska-vanga. ¿Te gustan?

Ella estaba muda. Era unos anillos fabulosos. Había un anillo con diamantes incrustados y un solitario increíble tallado con forma de corazón.

–Es... Son... Lo siento... No tengo palabras.

–Lo único importante es que nos sirvan –exclamó Roman con alivio mientras le ponía el anillo en el dedo.

–Es precioso... –susurró Eva mientras levantaba la mano para que resplandecieran los diamantes.

–El toque final –Roman le puso el diamante con forma de corazón en el dedo anular–. No es demasiado...

–No es demasiado pequeño –le interrumpió Britt mientras todos lo miraban maravillados.

–Te amo, Eva Skavanga –declaró Roman besándole la mano–. Ninguna joya será lo bastante buena para ti.

–Puede besar a la novia –dijo la oficiante.

–Yo también te amo –murmuró Eva mientras todos se apartaban y aplaudían–. ¿No podemos escaparnos a la cama?

–Podrás cuando yo te lo diga –contestó él en tono malicioso.

–Podría aquí mismo –le advirtió ella.

–¿Qué prisa tienes, Eva? ¿No has aprendido las ventajas de esperar? No nos falta tiempo. Te recuerdo que es para toda la vida.

–Toda la vida me parece poco –se quejó ella.

Sin embargo, Roman no iba a permitir que la beligerante Eva Skavanga de antes asomara la cabeza y la acalló de la mejor manera que sabía, con un abrazo y un beso apasionado.

Bianca.

No les quedaba más remedio que encontrar un modo de afrontar su incierto futuro y de reprimir el mutuo deseo que se encendió aquella primera y ardiente noche...

Sergio Burzi se sintió intrigado cuando una mujer deslumbrante se sentó sin ser invitada a su mesa en un exclusivo restaurante de Londres alegando que estaba huyendo de una cita a ciegas. La inocente y cándida ilustradora Susie Sadler no se parecía nada a las mujeres con las que estaba acostumbrado a salir, pero la repentina e incontenible necesidad que experimentó de estar con ella, aunque solo fuera una noche, resultó abrumadora.

Pero tomar lo que uno desea siempre tiene sus repercusiones, y el mundo de Sergio se vio totalmente desestabilizado cuando Susie le comunicó que estaba embarazada.

Una noche... nueve meses

Cathy Williams

Acepte 2 de nuestras mejores novelas de amor GRATIS

¡Y reciba un regalo sorpresa!

Oferta especial de tiempo limitado

**Rellene el cupón y envíelo a
Harlequin Reader Service®**
3010 Walden Ave.
P.O. Box 1867
Buffalo, N.Y. 14240-1867

¡Si! Por favor, envíenme 2 novelas de amor de Harlequin (1 Bianca® y 1 Deseo®) gratis, más el regalo sorpresa. Luego remítanme 4 novelas nuevas todos los meses, las cuales recibiré mucho antes de que aparezcan en librerías, y factúrenme al bajo precio de $3,24 cada una, más $0,25 por envío e impuesto de ventas, si corresponde*. Este es el precio total, y es un ahorro de casi el 20% sobre el precio de portada. !Una oferta excelente! Entiendo que el hecho de aceptar estos libros y el regalo no me obliga en forma alguna a la compra de libros adicionales. Y también que puedo devolver cualquier envío y cancelar en cualquier momento. Aún si decido no comprar ningún otro libro de Harlequin, los 2 libros gratis y el regalo sorpresa son míos para siempre.

416 LBN DU7N

Nombre y apellido	(Por favor, letra de molde)

Dirección	Apartamento No.

Ciudad	Estado	Zona postal

Esta oferta se limita a un pedido por hogar y no está disponible para los subscriptores actuales de Deseo® y Bianca®.
*Los términos y precios quedan sujetos a cambios sin aviso previo.
Impuestos de ventas aplican en N.Y.

SPN-03   ©2003 Harlequin Enterprises Limited

LAZOS DEL PASADO

OLIVIA GATES

Richard Graves llevaba mucho tiempo batallando con un pasado oscuro, y solo una mujer había estado a punto de hacer añicos esa fachada. Aunque hubiera seducido a Isabella Sandoval para vengarse del hombre que había destruido a su familia, alejarse de ella había sido lo más difícil que había hecho en toda su vida. Pero no tardó en enterarse de la verdad acerca de su hijo, y esa vez no se separaría de ella.

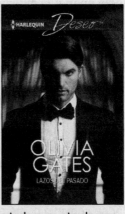

La venganza de Richard había estado a punto de costarle la vida a Isabella. ¿Sería capaz de protegerse a sí misma de ese deseo contra el que ya no podía luchar?

Los secretos les separaron.
¿Podría reunirles de nuevo su propio hijo?

¡YA EN TU PUNTO DE VENTA!